LA CHUTE

D'UN

GRAND HOMME.

IMPRIMERIE DE J. V. VOISIN,
IMPRIMEUR DE M.^r LE DAUPHIN.

LA CHUTE

D'UN

GRAND HOMME,

ROMAN HISTORIQUE,

Par M.ʳ MARDELLE,

AUTEUR

Des Princes Norwégiens, des Ruines de
Rothembourg, de l'Aveugle de Valence,
et d'une Nuit au fort de Derpt.

TOME TROISIÈME.

A PARIS,

CHEZ JEHENNE, LIBRAIRE-ÉDITEUR,

GALERIE COLBERT, N° 15.

—

1829.

LA CHUTE

D'UN

GRAND HOMME.

CHAPITRE XXXVII.

*Nouveaux succès d'Alphonse. —
Défi.*

L'ARMÉE du Tribun vint camper à
peu de distance de celle d'Ordelaffi.
La disposition du terrain la mettant
dans l'impossibilité de forcer l'ennemi à combattre, plusieurs jours se
passèrent, sans qu'il y eût d'hostilités
de part et d'autre. Mais quelques
corps de troupes légères, composés

d'étrangers et commandés par Alphonse, furent détachés du gros de l'armée, et se jetèrent sur les derrières du corps d'Ordelaffi pour empêcher les vivres d'y arriver, ce qui occasionna de légers combats qui se renouvelaient chaque jour, et où Alphonse avait constamment l'avantage.

Le comte de Forli, qui, du haut des rochers où il était retranché, examinait tous ces mouvemens, remarqua le jeune guerrier qui les dirigeait si habillement, et, chaque fois qu'il l'apercevait, il ne pouvait contenir sa fureur.

« Mon cousin, dit-il à Théobald, quel peut être ce Chevalier qui ne cesse de nous harceler ?

— C'est, sans doute, un de ces Français que, dit-on, le Tribun vient de prendre à sa solde..... Ce qui m'étonne, c'est qu'il a la taille et la grâce du chevalier Alphonse de Montréal.

— Quoi ! ton ancien général était un homme de ce genre.

— Oui, sans doute, ils ont, l'un et l'autre, la même taille, la même élégance dans les formes, et la même manière de monter à cheval..... Et, je crois, parbleu ! que c'est aussi Urbin qui est près de lui.

— C'est assez singulier... Je voudrais bien, Théobald, que tu les visses de près.

— Je ne pourrais distinguer leurs traits, cher cousin, puisque chaque fois qu'ils s'avancent de ce côté, ils ont soin de baisser la visière de leur casque.

— Cela ne cacherait-il pas quelque mystère?.... Si c'était Montréal.

— Quelle idée !..... Alphonse est

avec les Colonne, et, loin de servir Rienzi, il brûle de verser son sang.

— Quel qu'il soit , c'est le plus dangereux ennemi que je puisse avoir. Je suis tenté d'aller le combattre corps-à-corps. La victoire ne sera pas douteuse. Tu connais ma force et mon adresse.

— Je sais que dans chaque combat singulier que vous avez eu à soutenir, vous avez vaincu votre adversaire. Mais, comme personne n'ignore votre vaillance, croyez-vous que ce jeune homme acceptera votre défi ?

— Je saurai bien l'y forcer... Mais qu'entends-je?... On crie aux armes : serait-il assez audacieux pour venir nous attaquer jusques dans nos re-tranchemens.

Les cris d'alarmes, qui retentissaient dans le camp, étaient causés par un combat qui venait de s'engager entre quelques escadrons commandés par Alphonse et les troupes qui arrivaient de Forli au secours d'Ordelaffi. Lorsque ce dernier sut que l'ennemi s'opposait à leur jonction avec son armée, il sortit de ses retranchemens, à la tête de sa cavalerie. Mais Rienzi, qui observait ce mouvement, envoya dix compagnies d'élite, pour seconder les manœuvres d'Alphonse. Celui-ci, se sentant soutenu, fondit, avec tant d'impétuosité, sur les soldats qu'il venait d'attaquer, qu'il les dispersa entièrement, et en fit un horrible carnage.

Alphonse, au lieu de poursuivre les fuyards, revint sur ses pas, pour combattre Ordelaffi, qui s'était avancé derrière lui, sans néanmoins trop se hasarder, dans la crainte d'être coupé par les compagnies que Rienzi avait fait marcher contre lui. Ce combat fut terrible. L'infatigable Alphonse , et ses braves cavaliers y déployèrent une telle valeur qu'Ordelaffi fut obligé de se retirer , après avoir perdu la moitié des siens.

« O funeste sort ! s'écriait-il en s'adressant à Théobald , la fortune m'abandonne.......... Que dois - je faire ?

— Je crois , Ordelaffi , lui répond Théobald , que vous feriez bien de traiter avec le Tribun. Vous possédez d'immenses trésors : sacrifiez-en une partie pour obtenir la paix.

— Y penses-tu , Théobald ? Quoi ! je me verrais obligé d'acheter , par un traité honteux , la liberté de me retirer dans mes domaines !

— Aimez-vous mieux , Seigneur , périr ici , avec les débris de votre armée ? Songez que vous venez de perdre l'élite de vos soldats , et que vous n'avez plus de renforts à attendre. Sans vivres, vous pouvez, d'un moment à l'autre, être forcé dans vos retranchemens.

— Tes craintes, par Dieu ! ne sont que trop fondées....... Tiens, regarde l'armée de Rienzi : elle fait un mouvement général..... Ses colonnes se déployent de toutes parts.

— En effet, Seigneur, elles se dirigent sur divers points..... Tout annonce que nous allons être attaqués.

— Mais, que vois-je ? C'est notre heureux vainqueur qui passe, avec sa troupe, au bas de ces rochers... Je frémis de rage.

— Le voilà qui s'arrête en face de nous. Il regarde de ce côté, et semble examiner notre position.

S'il était assez brave pour accepter un défi, quel plaisir j'aurais à me

venger du mal qu'il m'a fait !.....
Je vais l'appeler au combat, et, s'il
ose se mesurer avec moi, il est
mort. »

Ordelaffi s'avance aussitôt sur la
partie la plus saillante des rochers qui
dominent le ravin, et, d'une voix
forte, adresse la parole à Alphonse
qui prête une oreille attentive.

« Chevalier, lui dit-il, toi qui
parais si fier de tes succès, oserais-
tu faire éloigner tes hommes-d'armes,
et m'attendre dans la plaine, pour
engager, entre nous, un combat à
outrance ?

— J'accepte ton défi, comte de
Forli, et tes vœux seront satisfaits.

— Je compte sur toi, Chevalier;
je te laisse une heure pour te disposer
à ce combat qui sera le dernier pour
l'un de nous.

— Hé bien ! Ordelaffi, dans une

heure je serai au milieu de la plaine. Je désire que nous soyons, l'un et l'autre, accompagnés de notre écuyer, et que cent hommes de chaque parti se tiennent à trois cents pas du champ de bataille, pour être témoins du combat, si tu sors vainqueur de cette lutte, tu pourras te retirer dans ton camp, sans être exposé à aucune attaque de la part de nos troupes.

— Chevalier, je suis content de toi, et je me fie à ta parole.

— Je vais informer le Tribun de nos conventions, Ordelaffi, et bientôt nous nous reverrons de plus près. »

— Seigneur, reprend Théobald, ma surprise est extrême. Maintenant je n'en puis plus douter ; votre adversaire n'est autre qu'Alphonse de Montréal ; j'ai reconnu sa voix.

—Je te le répète, cousin ; cela est impossible : cet homme peut avoir, en effet, quelque ressemblance avec lui ; mais jamais je ne croirai qu'Alphonse ait pu se résoudre à dévouer son bras à la cause du Tribun....... Au surplus, que m'importe? Une fois délivré d'un ennemi aussi dangereux, je saurai bien opérer ma retraite. »

Lorsque Rienzi fut informé de ce qui s'était passé entre Alphonse et Ordelaffi, il fut vivement alarmé de l'issue que pouvait avoir ce combat, et chercha à détourner le Chevalier de sa résolution ; mais ses efforts furent vains.

« Hé quoi ! cher Montbrun, lui disait-il, vous êtes déterminé à hasarder votre vie, en combattant un homme qui sortit toujours vainqueur d'un combat singulier ! Noble chevalier, réservez votre valeur pour une meilleure occasion. Que la sainte cause de la liberté ne soit pas privée de votre appui! Vivez pour assurer son triomphe dans Rome. C'est à vous, cher Montbrun, que je dois les succès signalés que mon armée a remportés sur celle d'Ordelaffi. Achevez votre ouvrage, et, dès que ce tyran et ses satellites seront anéantis, venez jouir des honneurs qui vous attendent au Capitole et des bénédictions de tout un peuple.

— Que me proposez-vous, Seigneur, répondit Alphonse avec dédain ? Quoi! j'irais ternir ma gloire par une action indigne d'un chevalier? Puisque le Comte de Forli m'a provoqué au combat, il faut que l'un de nous deux succombe. Si je meurs, je vous laisse le soin de venger mon trépas. Si Ordelaffi tombe sous mes coups, sa mort épargnera le sang de vos soldats, car son armée se dispersera d'elle-même.

Le Tribun n'insista plus ; màis il ne pouvait cacher l'inquiétude qu'il éprouvait. Il fixait , sur Alphonse , des regards où se peignait un intérêt si tendre que ce jeune homme se sentit vivement ému.

~~~~~~~~~~~~~~~~~~~~~~~~~~~~~~~~~~~~~

CHAPITRE XXXVIII.

Combat Singulier. — Alphonse Victorieux.

———

En fin l'heure du combat étant arrivée, Alphonse et Urbin montèrent à cheval, et, suivis des cent hommes désignés pour les accompagner, se rendirent sur le champ de bataille où ils trouvèrent Ordelaffi qui, de son côté, venait de faire les mêmes dispositions. Théobald était auprès de lui. Le Tribun, qui tremblait pour les jours d'Alphonse, se tenait, avec Liccard et plusieurs chefs de la milice Romaine, sur une hauteur d'où ils pouvaient distinguer les mouvemens des combattans. Les troupes d'Ordelaffi couronnaient les rochers où était assis leur camp, et, dans un morne silence, attendaient l'issue du combat.

« Jeune homme, dit Ordelaffi à Alphonse, je suis content de te voir ici. Allons, défend - toi, et sache mourir en brave....... Mais lève la visière de ton casque, je veux savoir quel est l'ennemi que je vais combattre.

— Tu l'apprendras en expirant.

— Voilà bien Urbin, écuyer de Montréal, dit Théobald à Ordelaffi, en lui présentant sa lance.

— Qu'importe? Tu vas voir, dans l'instant ce beau jeune homme mordre la poussière. »

Et il s'éloigna pour prendre le champ.

La trompette sonne : les deux chevaliers se précipitent l'un sur l'autre avec une telle fureur que leurs lances se rompent, mais sans les désarçonner; ils mettent l'épée à la main.

« Recommande ton ame à Dieu, dit Ordelaffi à Alphonse en lui déchargeant un coup d'épée sur son casque avec une telle force qu'il lui fait baisser la tête jusques sur la crinière de son cheval. »

Alphonse se relève et porte à son adversaire un coup de pointe qui pénètre sous l'aisselle, au défaut de la cuirasse. La bride échappe des mains d'Ordelaffi; son cheval prend la fuite et entraîne son cavalier. Montréal le suit de près et va l'atteindre, quand Théobald effrayé s'élance l'épée à la main. Se retourner, parer le coup qui lui était destiné, et plonger son glaive dans le sein de son nouvel ennemi est, pour le jeune Français, l'ouvrage d'un instant. Ordelaffi qui parvient enfin à dompter son cheval, se retourne, et voit tomber Théobald.

« Théobald ! s'écrie-t-il , je vais te venger. »

Les deux rivaux se joignent ; leurs fers se croisent ; leurs cuirasses volent en éclats ; le sang, qui ruisselle de la blessure d'Ordelaffi , épuise sa vigueur ; Montréal le presse, le menace , et lui enfonce enfin son épée dans la poitrine. Son ennemi roule dans la poussière, jette un cri , cherche à se relever et meurt.

Tandis que le désespoir et la terreur règnent dans le camp d'Ordelaffi , les soldats du Tribun font éclater des cris de joie. Rienzi vole auprès d'Alphonse , l'embrasse et le félicite de sa victoire.

« Cher Montbrun , ajoute-t-il , quel glorieux triomphe ! vous venez de délivrer l'Italie du plus affreux de ses tyrans... Mais que vois-je ? Votre écharpe est teinte de sang..... Ah ! je frémis..... Où êtes-vous blessé ?

— Rassurez-vous , Seigneur ; j'ai été légèrement atteint au côté droit. »

Rienzi fit aussitôt donner à Alphonse les soins qu'exigeait sa blessure : le fer avait à peine effleuré la peau. Le Chevalier put remonter de suite à cheval. Il retourna à Tivoli avec le Tribun et Liccard Annibalis, au milieu des acclamations de toute l'armée.

Les soldats du comte de Forli, découragés de la perte de leur chef et effrayés de leur position , députèrent plusieurs de leurs officiers auprès de Rienzi , pour implorer de sa clémence la liberté de se retirer dans leurs foyers. Elle leur fut accordée, mais plus de cinq cents de ces hommes-d'armes s'offrirent à entrer à la solde du Tribun qui accepta leur proposition, et en forma plusieurs compagnies qui augmentèrent le corps sous les ordres d'Alphonse.

~~~~~~

CHAPITRE XXXIX.

Les Amans réunis.

——

Le Tribun n'ayant plus rien à redouter des troupes de Forli , tourna toute son attention vers les rebelles de Palestrine. Il fit reprendre à tous les corps de son armée les divers postes qu'ils occupaient précédemment , de sorte que cette forteresse se trouva encore plus resserrée qu'auparavant. Mais les Colonne ne s'en alarmèrent point , comptant sur la perte de Rienzi , et se reposant, à cet égard, sur les sermens de Montréal, ils attendaient cet événement avec sécurité.

Informés du sort d'Ordelaffi et de
son armée , ils approuvaient la conduite d'Alponse qui avait délivré leur
maison d'un implacable ennemi, et ,
certains que l'action héroïque qui
venait de l'illustrer allait lui gagner
l'entière confiance du Tribun , ils se
réjouissaient de cette circonstance ,
dans l'espoir qu'elle le mettait à même
de l'aborder plus facilement et d'exécuter le dessein qui l'avait conduit
auprès de lui.

Rienzi , se reposant sur Liccard
Annibalis du soin de maintenir le
blocus de Palestrine , retourne à
Rome, suivi d'Alphonse, de son écuyer
et d'une partie de la milice Romaine.
Il y fut reçu aux acclamations du
peuple qui faisait éclater l'alégresse
que lui inspiraient les succès de l'armée. Alphonse fixait aussi l'attention
générale. Chacun était avide de con-

templer le vainqueur du redoutable Ordelaffi, et ceux qui pouvaient en approcher se précipitaient sur son passage, pour lui rendre hommage. L'aspect de Rome, ces débris si pleins de souvenirs, les cris de triomphe qui allaient au loin mourir dans les ruines, enflammaient son imagination ; son cœur battait avec violence ; il voyait se réaliser un des rêves de sa jeunesse. Des larmes coulèrent de ses yeux..... Quelles étaient les peines qui agitaient son ame !

Le Tribun fit enfin son entrée dans le Capitole, accompagné d'Alphonse, d'Urbin, de plusieurs officiers supérieurs et des principaux magistrats de la ville. Il avait déjà dépassé les deux sphinx Égyptiens placés au bas de l'escalier qui conduisait à ce vaste édifice ; lorsqu'il aperçut Julia qui venait au-devant de lui. Elle était accompagnée d'Alix, de Didier, et de deux suivantes.

« Chevalier, dit le Tribun, je vous présente ma fille... Julia, vous voyez l'intrépide Alphonse de Montbrun, le vainqueur d'Ordelaffi, le sauveur... »

Ils étaient l'un devant l'autre immobiles de surprise, de joie et d'amour.

« Ciel ! s'écrie Alphonse, c'est vous, ma libératrice.....

— Expliquez-vous.

— C'est vous, Alphonse, dit en tremblant Julia.

— D'où vous connaissez-vous ?

— Seigneur, entrons au Capitole, et je vous dirai par quelles circonstances je dois la vie à votre fille. »

A peine furent-ils seuls qu'Alphonse raconta au Tribun sa maladie à Avignon pendant un voyage, et par quels soins Julia l'avait retiré des portes du tombeau. Il termina son récit, en lui exprimant toute sa reconnaissance et son étonnement.

Julia était interdite : une vive rougeur colorait son front.

« Il est vrai, dit le Tribun, que, pendant la persécution que j'essuyai de la part des Romains, je fis conduire ma femme et Julia à Avignon : mon épouse y est morte, et ma fille y a vécu obscure. J'ai appris son noble dévouement pendant la peste, et je remercie le ciel d'avoir formé entre nous des nœuds qui vont se resserrer. Je vous aime, Montbrun, et il n'est rien que je ne fasse pour vous. »

Montréal était troublé, et l'amour que lui avait inspiré Julia semblait se réveiller avec plus de force en lui.

Pendant le léger repas qu'on servit, et dont Julia fit les honneurs avec

2.

une grâce décente qui relevait encore son angélique beauté, les regards d'Alphonse étaient attachés sur elle. O pouvoir de l'amour ! serment, victoire, honneur, il oubliait tout pour un sourire.

~~~~~~~~~~~~~~~~~~~~~~~~~~~~~~~~~~~~~~~

CHAPITRE XL.

Projet d'Union. — Scène d'Amour.

RIENZI saisissait toutes les occasions de prouver à Alphonse l'attachement qu'il lui avait inspiré et qui s'accroissait de jour en jour. Dirigé d'abord par la reconnaissance, il l'avait traité comme un guerrier dont l'appui lui était nécessaire; mais depuis qu'il savait que sa fille lui avait sauvé la vie à Avignon, il lui était devenu plus cher encore. Il ne tarda même pas à pénétrer les sentimens que Julia et Alphonse nourrissaient l'un pour l'autre, et cette découverte lui fit aussitôt concevoir le projet de les unir. Cette union favorisait ses vues en le rendant populaire, puisqu'il adoptait un simple chevalier, lorsqu'il eût pu choisir dans les premières maisons de Rome. Il interrogea adroitement Alix, Didier et Urbin, et les particularités qu'il recueillit de leurs réponses l'ayant confirmé dans son opinion, il résolut de sonder le cœur de sa fille.

Alphonse était dans l'ivresse du bonheur : logé au Capitole, près de Julia ; respirant l'air qu'elle respirait ; la voyant ; écoutant sa voix chérie ; vivant plus par elle que par lui-même, il n'était plus lui ; il oubliait et ses sermens et les motifs qui l'avaient conduit à Rome..... Cependant, par un reste de courage qui s'affaiblissait de jour en jour, il cachait en lui-même la funeste passion qui le dévorait, ou rougissait, lorsque quelque parole venait à le trahir en s'appant de son cœur.

L'ennemi attaquait-il Rome Alphonse courait, cherchait partout la mort et ne trouvait que la victoire. Sa réputation en accroissait et étonnait les révoltés de Palestrine.

Un jour, après avoir repoussé plusieurs troupes de brigands qui s'efforçaient de se joindre aux Colonne, Alphonse rentra dans Rome. Rienzi était allé d'un côté opposé visiter des travaux qu'il avait entrepris près du château Saint-Ange, où il songeait à se retirer en cas de surprise.

Julia, appuyée sur un balcon qui dominait Rome et ses ruines imposantes, vit de loin s'approcher le cortège qui suivait Alphonse, et entendit les acclamations des soldats, les sons du clairon, et les cris de victoire. Elle rentra préci-

pitamment sans fermer la croisée,
et se mit, en rêvant, à détacher d'un
métier, une écharpe qu'elle achevait
de broder.

Le jour tombait ; l'air était orageux,
embrasé, et les reflets du soleil cou-
chant doraient encore le faîte du Capitole, tandis que la nuit descendait
sur la ville et donnait aux débris des
temples les formes fantastiques que
l'imagination leur prêtait.

Alphonse entra ; il était poudreux,
pâle ; son écharpe déchirée attestait
son courage et les dangers qu'il avait
courus. Ils étaient seuls........ Julia,
par un mouvement involontaire, s'é-
lance vers lui, et lui ôte son casque
en lui disant :

« Seigneur, j'ai été votre garde-
malade ; laissez-moi le plaisir d'être
aujourd'hui votre écuyer. »

Montréal frissonnait de plaisir pendant que la main délicate de son amante détachait l'armure qui le couvrait ; leurs mains étaient enlacées.

« Votre écharpe est déchirée et sanglante ; mais en voici une autre que j'ai brodée ; portez-la..... Puisse-t-elle détourner le fer ennemi qui menacerait vos jours ! »

Alphonse était hors de lui ; cette voix si douce, ces soins si touchans l'enivraient ; il tremblait : mais tout à coup il repousse doucement son amante, et se précipite sur le balcon en murmurant :

« Julia, laisse-moi ; tu me fais mal. »

Julia était déjà près de lui ; ils s'assirent tous deux sur un siége de pierre. La nuit croissait ; le silence régnait dans les airs enflammés.

« Alphonse, dit Julia, pourquoi me fuir ?

— Julia ! Julia ! rappelle - toi le tombeau de ta mère ; songe aux aveux que je t'y fis.

— Seigneur , ajouta - t - elle d'une voix tremblante..... »

Elle voulut se retirer ; mais Alphonse la retint.

« Je n'y puis résister... Mais , efforts inutiles ! O charme et tourment de ma vie ! reste , ma Julia , reste dans mes bras. Je t'adore....... Ah ! si je pouvais mourir à tes genoux ! »

Julia , effrayée de la violence des paroles d'Alphonse , rentra dans l'appartement , et son amant l'y suivit ; mais des domestiques allumèrent les lampes , et les femmes de Julia se mirent à leurs broderies.

Rienzi entra , félicita Alphonse sur sa victoire , et l'embrassa. Se promenant ensuite dans la salle , il l'entretint de ses projets futurs et

des succès qu'il prévoyait ; mais il
examinait, avec adresse, le trouble de
sa fille et du Chevalier qui ne répon-
dait qu'avec peine aux questions qu'il
lui adressait.

CHAPITRE XLI.

Réflexions de Bonarelli. — Résolution du Tribun.

LORSQUE le Tribun rentra dans son appartement, il y trouva Bonarelli qui l'attendait pour lui faire signer quelques ordres. Dès que Rienzi eut rempli ce soin, il s'entretint un instant avec son secrétaire de la situation de Rome.

« Hé bien ! mon cher Bonarelli, lui dit-il, que penses-tu de nos affaires ? Ne trouves-tu pas que maintenant la fortune m'est propice, et que, si je parvenais enfin à dompter les Colonne, je n'aurais plus rien à redouter ?

— Il est vrai, Seigneur, qu'avec

des guerriers tels que Liccard Annibalis et le Chevalier Montbrun, vous
devez compter sur de nombreux succès ; mais que pouvez-vous attendre
de ce vil peuple qui ne désire les ré-
volutions que pour piller ?

— Que dis-tu ?

— Je l'avoue, Seigneur, je m'étais
fait une toute autre idée de l'esprit
qui anime les Romains. Je les croyais
dignes de vous, dignes de la liberté ;
mais, hélas ! j'apprends chaque jour
à les connaître, et, quoique j'admire
votre entreprise, je ne pense pas sans
frémir qu'elle peut être funeste à vos
jours.

— Serais-je exposé à de nouveaux
complots ?

— Vous avez eu, Seigneur, l'imprudence de rappeler les nobles auprès
de vous ; craignez qu'un jour votre
clémence ne vous devienne fatale.

— Quoi! ils persisteraient dans leurs coupables desseins !

— Je le crains..... Aussi je ne cesse de faire épier leurs démarches , et si j'ose aujourd'hui réveiller vos soupçons , c'est que je sais que , la nuit dernière , ils se sont rassemblés dans le palais des Ursins , et que la même réunion doit avoir lieu demain soir , à dix heures , chez François Palumbari.

— Palumbari!... mais puis-je soupçonner ce chef de la milice Romaine? Hier encore , il me jurait une fidélité à toute épreuve.

— Je voudrais me tromper, Seigneur , mais divers propos qui lui sont échappés , et que vos agens ont recueillis , me font suspecter ses intentions.

— Quoi ! je serais encore en butte aux trahisons !..... Mais si des per-

fides courent à leur perte , en cons-
pirant contre le *bon état* , pourquoi,
Bonarelli , craindrais-je les Romains?

— Je vous le répète, Seigneur ; les
Romains ne comprennent point encore la liberté.

— Cependant ils jouissent de ses
bienfaits.

— Il faut , pour la conserver , des
vertus qu'ils n'ont pas. Quels sont les
Romains d'aujourd'hui ? Toujours
prêts à trahir , à vendre leurs secours , l'impunité est leur unique
étude. Victimes de leurs propres fureurs , ils sont accoutumés à vivre
sous la dépendance de ceux qui furent
si long-temps leurs oppresseurs. Leurs
ames , façonnées à la servitude , ne
peuvent s'embraser de l'amour de la
patrie. La vraie piété s'est même exi-
lée de leurs cœurs amollis pour faire
place à l'odieuse hypocrisie. Chez

eux, l'art de la guerre ne consiste que dans le pillage : la vengeance est le premier devoir, et ils ne trouvent de courage que pour assassiner.

— Bonarelli...... oublie-tu que je suis Romain ?

— Oui, vous avez des vertus dignes des anciens Romains, qui ne nous ont laissé que des souvenirs et des tombeaux..... Excusez ma franchise, noble Rienzi ; mais je vous dois la vérité toute entière. Pendant votre captivité à Avignon, vous avez vu ma pensée. Je partageais alors vos espérances. Considérant en vous le libérateur de Rome, je me dévouai à votre personne. J'espérais qu'un peuple, sauvé par vos soins, se montrerait digne de vous. Mais combien je suis désabusé maintenant ! Depuis mon séjour en ces lieux, j'ai étudié les mœurs et les habitudes des

Romains, et, loin de me rassurer sur
l'avenir, je ne puis que vous plaindre
d'avoir osé vous charger de rendre à
la liberté un peuple si peu fait pour
apprécier vos nobles intentions.

— Tes craintes, ami, me semblent
exagérées..... Mais quel parti pren-
drais-tu donc à ma place?

— Je ne balancerais pas à faire
connaître à Innocent combien sa présence serait utile à Rome.

— Quel conseil !..... Ah ! je te le
pardonne, Bonarelli. Non, tu ne me
conçois pas; tu n'as pas lu au fond
de ma pensée.

— Tribun, j'ai partagé votre erreur;
mais l'expérience m'éclaire : les mœurs
dictent les lois ; les républiques ont
toujours demandé des vertus qui,
depuis la chute des vrais Romains,
sont à jamais perdues pour l'univers.
Pendant les siècles qui se sont écoulés

depuis ces temps mémorables, si
Rome dégénérée a goûté quelque repos, c'est qu'elle était sous l'autorité
des Papes dont la puissance lui ins-
pirait un effroi salutaire. Tant que
leurs voix bénirent ces murs, et que,
souverains arbitres des peuples et des
Rois, ils y régnèrent avec splendeur,
leur présence réprima quelquefois la
discorde. Mais la fuite de Clément V
a causé leurs malheurs, et, depuis
cette époque fatale, Rome n'a cessé
d'être déchirée par des divisions in-
testines. Si votre retour a rétabli
momentanément l'ordre dans cette
ville, la guerre que nous font les
Colonne n'est pas encore finie, et,
tant qu'ils ne seront point réduits,
ils vous susciteront des complots.
Pour mettre un terme à tant de calamités, Seigneur, que n'engagez-vous
Innocent à rétablir son siége en ces

lieux ! Alors vous verriez le Cardinal Albornos s'empresser de conduire ses troupes ici, et la paix serait pour jamais assurée.

— Qui ! moi, rappeler le Pontife au sein de Rome ; jamais !... Serait-ce le moyen d'accomplir les desseins que j'ai formés dans l'intérêt de ce peuple que je ne puis abandonner sans le trahir ? Bannis tes alarmes, cher Bonarelli ; va, Dieu qui m'inspire lui rendra ses antiques vertus en lui rendant ses droits. Ma gloire et son bonheur, voilà l'unique but que je me propose, et j'espère surmonter tous les obstacles qui pourraient s'opposer à ma noble ambition.

— Je souhaite, Tribun, que vous réussissiez..... Au surplus, je ne me démentirai point : votre génie est ma loi suprême. Mon sang est prêt à couler pour la cause de la liberté ;

mais songez dans quel avilissement est tombé ce peuple pour qui vous voulez vous sacrifier.

—Pourquoi désespérerais-je de son courage ? C'est lui qui m'a élevé au rang de Tribun. Il servait des tyrans : maintenant il n'est soumis qu'aux lois. Je n'ai d'autre intérêt que sa gloire , et , si je succombe , il perd son soutien. Oui , les Romains me seconderont ; leurs longs malheurs me sont garans de leur fidélité. Sans eux , mes efforts seraient impuissans ; mais sans moi , que deviendraient-ils ? La proie de leurs oppresseurs. Dieu veut que la justice triomphe ; le sort en est jeté, les Romains seront libres , et la tyrannie est détruite à jamais. Sois fier , ami , de servir mes projets. Tes conseils , si je les suivais , me couvriraient de honte.

— Puisse le Ciel , Seigneur, accomplir vos vœux ! Mais que votre sécurité ne vous aveugle point sur la conduite de ceux que je viens de désigner.

— Je suis loin de mépriser tes avis, cher Bonarelli , et je te charge particulièrement de surveiller mes secrets ennemis. Malheur aux traîtres s'ils osent ourdir de nouvelles trames ! ils me trouveront inexorable...... Je me repose entièrement sur tes soins. En attendant , je vais m'occuper d'un projet dont le succès ferait le charme de ma vie , puisqu'il s'agit du bonheur de ma fille. Je songe à son hymen.

— A qui la destinez-vous , Seigneur?

— Que penses - tu d'Alphonse de Montbrun ?

— Quoi ! ce vaillant Français serait assez heureux pour avoir fixé votre choix ?

— Oui , Bonarelli ; il aime Julia ; il a su lui plaire ; j'ai résolu de les

unir. Montbrun, à qui elle sauva la
vie dans Avignon, est, je crois, d'une
naissance illustre ; mais serait-il d'une
obscure condition, que je le préfére-
rais à aucun des nobles qui briguent
à l'envi l'honneur de cette alliance.
Par cette union, j'acquitte la dette
de la reconnaissance, je me rends
populaire, et je trouve, dans mon
gendre, un guerrier capable de partager mes travaux et de soutenir la
gloire de mes armes.

— Montbrun est digne de vous et
de Julia.

— Dès demain, je ferai part de mes
projets à ma fille, et si, comme je
n'en saurais douter, je la trouve dis-
posée à couronner les feux du Chevalier, je m'empresserai de lui donner
un espoir qu'il n'ose former. Il est
modeste ; je dois l'enhardir.

— Je vous laisse, Seigneur, méditer le bonheur de ce couple fortuné. Je m'éloigne ; mais croyez que je veillerai , sans relâche , sur vous , sur le salut de Rome.

— Je me repose entièrement sur ton zèle , cher Bonarelli : adieu. »

Dès que Rienzi se trouve seul , il fait de sérieuses réflexions sur ce que son secrétaire vient de lui dire. Quoique les conjectures de Bonarelli ne paraissent pas au Tribun dénuées de fondement , il est loin d'adopter son avis sur le rétablissement du Saint-Siége à Rome , et persiste plus que jamais dans sa résolution de maintenir les institutions qu'il a données aux Romains.

« Achevons notre ouvrage , se dit-il , avec la ferme volonté qui m'anime , je lasserais toutes les résistances. Non , je ne m'arrêterai point dans ma noble carrière. Plus les périls sont grands, plus je veux les affronter. Il est beau de mourir pour la plus sainte des causes. Si je dois succomber dans cette lutte, ma mort fera pâlir mes ennemis; mon nom n'en sera pas moins glorieux, et, si Montbrun est destiné à me survivre, il sera mon vengeur. Tremblez, perfides, si vous osez conspirer contre l'état : le glaive dont je vais armer sa main se lèvera sur vos têtes coupables..... Alphonse, ô mon cher fils! toi qui, par les liens que tu dois former, vas devenir Romain, songe que la patrie réclame ton bras... Mais l'honneur, qui fut toujours ton guide, m'est garant de ta noble conduite.

CHAPITRE XLII.

Choix d'un Gendre. — Joie de Julia.
— Le Mendiant. — Le Pélerin.

———

Le lendemain , quand Julia vint rendre ses devoirs à son Père , il la fit asseoir auprès de lui , attacha sur elle des regards pleins de tendresse , et lui parla en ces termes :

Ma fille , le ciel m'a comblé de ses faveurs. Rome , qui fonde sur moi l'espoir de sa liberté , reconnaît mon pouvoir. Je ne trahirai point ses vœux ; mais qui peut se flatter de maîtriser la fortune ? Ce peuple , qui me prodigue aujourd'hui tant d'amour et de respect , peut , dès demain ,

méconnaître ce que j'ai fait pour lui.
Si je mourais dans le cours de mes
travaux, quelle serait ta destinée, ma
fille ! Seule , au milieu de mes ennemis , et n'osant pleurer sur la tombe
de ton père , que deviendrais - tu?
Voulant préserver ta jeunesse d'un si
cruel abandon , je veux la confier à
un époux en qui brillent toutes les
vertus. Jeune , vaillant , adoré des
Romains , il est digne de toi , ma
Julia , et sa tendresse te promet
un avenir prospère. Cet époux est
Alphonse de Montbrun.

— Mon père , s'écrie Julia en se
jettant dans ses bras, qu'il m'est doux
de vous devoir le jour ! Combien ce
choix plaît à mon cœur ! quel moment désiré ! quoi ! je serais son
épouse ! heureux destin ! cher Alphonse , que je serais glorieuse de
t'appartenir !...... Mais , mon père ,

que redoutez - vous des Romains?
Votre éloquence si puissante a-t-elle
trouvé leurs cœurs réfroidis ? Votre
héroïsme, vos vertus, vos talens ont-
ils cessé d'exciter leur admiration ?
N'êtes-vous plus ce célèbre Tribun à
qui ils ont remis les rênes du gouvernement , qui réforma leurs lois ,
et qui fut leur sauveur ? Ah ! mon
père, poursuivez une si belle carrière,
et que votre dévouement à la patrie
fasse taire les envieux. Alphonse vous
consacrera une vie que j'ai su conserver pour contribuer à votre gloire ,
et assurer mon bonheur.

— Tu seras heureuse, ma Julia,
car je veux lui ouvrir mon cœur.
Oui , bientôt ton père bénira vos
innocens amours , et ta main va
devenir le gage de ma reconnaissance
envers le jeune guerrier que je dois
nommer mon fils. Qu'il vienne, qu'il

3.

parle....... Je lui tends les bras. »

Cet entretien fut interrompu par l'arrivée d'un courrier que Liccard Annibalis envoyait au Tribun pour l'informer d'un nouveau mouvement qu'il venait de faire dans l'intention de resserrer Palestrine d'où l'on pouvait sortir trop facilement. Rienzi manda aussitôt Bonarelli pour lui dicter plusieurs ordres , et sa fille se retira dans son appartement où Alix l'attendait.

En entrant , Julia se jeta dans les bras de son amie , et l'informa des dispositions de son père à l'égard d'Alphonse.

« Ma bonne Alix, disait Julia transportée, combien les intentions de mon père ont d'attrait pour mon cœur ! Qui m'eût dit qu'approuvant ma tendresse , il me ferait une loi d'un hymen objet de tous mes vœux ! Je puis donc maintenant flatter Alphonse de quelque espérance. Qu'il me tarde de l'affranchir de la mélancolie où il est plongé. Oui, ses maux vont s'évanouir en apprenant de ma bouche les desseins de mon père. O mon Alphonse ! que ne puis-je déjà jouir de ton ivresse ! Combien elle aura de charmes pour moi ! Désormais plus de crainte, plus de tristesse : Je me reproche un bonheur que je goûte sans te le faire partager. Mais comment n'est-il pas déjà auprès de sa tendre amie ? Que peut-il faire loin d'elle ?

— Le Chevalier est absent, ma chère Julia. Il vient de monter à cheval, et je l'ai vu sortir du Capitole avec son écuyer.

— Quoi ! Alphonse s'éloigne de moi, lorsque sa présence me serait si douce ! Que son absence va me paraître longue ! Ah ! je brûle de le revoir et de lui annoncer le sort prospère qui nous attend ! »

Alphonse avait passé la nuit sans goûter un instant de repos. Troublé par d'affreux souvenirs, son ame éprouvait tour à tour des impressions de haine et d'amour. Si les traits chéris de sa Julia se présentaient à sa pensée ; s'il osait se livrer à l'espoir d'unir son sort au sien, cette lueur d'espérance était aussitôt dissipée par l'image du supplice de son père. Alors il se rappelait ses sermens. Il se levait, marchait à grands pas, et retombait sans haleine sur son lit.

Le jour le retrouva au milieu de cette cruelle agitation. Ne sachant que résoudre, et craignant de revoir celle qui exerçait tant d'empire sur son cœur, il avait ordonné à Urbin de seller les chevaux, et s'était éloigné, au galop, cherchant à dissiper, par la rapidité de sa course, l'agitation de ses idées.

A peine est-il sorti, qu'il est arrêté par un mendiant. Alphonse lui donne une pièce de monnaie : cet homme témoigne sa satisfaction par des éclats de rire.

« Hé ! hé ! hé ! c'est un florin d'or... quelle générosité ! grand merci, chevalier Montréal.

— Qu'entends-je ? Serais-je trahi ?

— Trahi !.... Oh ! non, rassurez-vous, et prenez cette lettre.

— O surprise ! s'écrie Alphonse en saisissant la lettre..... Lisons.

— Je vous quitte, Chevalier, mais j'espère vous revoir bientôt.... Adieu, l'ami Urbin. »

Le mendiant se jette aussitôt dans les ruines du temple de Jupiter Capitolin, et disparaît.

« Seigneur, dit Urbin, la voix de cet homme ne m'est point inconnue.

— C'est un envoyé des Colonne. Écoute ce que m'écrit leur chef.

« Pourquoi tant de délais, Chevalier?
» Vous deviez aussitôt votre arrivée,
» immoler le Tribun et nous ouvrir
» les portes de Rome. Que sont de-
» venues vos promesses? Nous vous
» voyons au contraire combattre nos
» alliés, couper nos convois, nous
» attaquer, et nous vaincre nous-
» mêmes. Expliquez-nous les motifs
» d'une telle conduite. Sommes-nous
» amis ou ennemis ?

« JEAN COLONNE. »

— Dieu! qu'ai-je lu! dois-je frapper le Tribun, et, du même coup, pré-cipiter sa fille dans la tombe? Julia, est-ce ainsi que je dois répondre à ta tendresse? Quelle affreuse position !

hélas ! si je venge mon père, je ne suis plus à mes yeux qu'un monstre d'ingratitude. Si je trahis mes sermens, je deviens un parjure, un fils dénaturé.

— Je vous plains, Chevalier, reprend Urbin d'un air pénétré..... Je voudrais, pour votre repos et même pour votre honneur, que vous n'eussiez jamais mis le pied dans Rome ! Sans doute vous avez été vivement affecté du sort de votre père, et, dans le premier mouvement de votre indignation, vous avez dû concevoir l'idée de venger sa mort.

— Urbin, quelle que fût la cause du supplice de mon père, je ne pardonnerai jamais à celui qui prononça son arrêt.

— Seigneur, vous ne pouvez non plus oublier que sa fille vous arracha des portes du tombeau.... Descendez

dans votre ame : l'amour de Julia y
règne avec celui de la liberté. Oui,
Chevalier, vous faites des vœux pour le
triomphe des Romains, et les services
que vous leur avez rendus doivent
vous détourner d'un projet dont le
succès les priverait du grand homme
qui les gouverne. Ah ! croyez-moi,
Seigneur ; renoncez à un dessein si
contraire à votre caractère, et fuyez
loin de Rome.

—Que me proposes-tu ? Moi, partir
sans avoir accompli mes sermens !...
Mais que dis-je ? Hélas ! en aurai-je
jamais le courage? Affreuse perplexité!
la mort est préférable aux tourmens
que j'endure. »

Cet entretien fut suivi d'un morne
silence qui se prolongea pendant tout
le chemin qu'ils parcoururent. Après
avoir fait le tour de la ville, ils y
rentrèrent par la porte Saint-Laurent,

au moment qu'un Pélerin, venant d'arriver, priait l'officier chargé de la garde de cette porte de le conduire auprès de Rienzi à qui, disait-il, il devait remettre des dépêches importantes.

« Si vous voulez me suivre au Capitole, lui dit Alphonse, vous aurez de suite audience du Tribun, car je vous introduirai auprès de sa personne.

— J'accepte avec reconnaissance votre offre obligeante, mon fils, répond d'une voix cassée le Pélerin qui marche à côté du Chevalier. »

Quand ils sont arrivés, Alphonse met pied à terre, remet les rênes de son cheval entre les mains de son écuyer, et monte au Capitole avec le Pélerin.

« Mon père, lui dit-il, vous paraissez accablé de fatigue.

— Ah ! je viens de si loin.

— D'où venez-vous donc ?

— D'Avignon.

— Avez-vous vu le Souverain Pontife.

— C'est Sa Sainté qui m'envoie auprès du Tribun.

— Vous en serez bien reçu, mon père... Mais que vous avez de peine à vous soutenir ! appuyez-vous sur moi.

—Je vous remercie, mon fils ; cela est inutile ; nous voici arrivés.

— Traversons ce vestibule, et venez vous reposer un moment dans la grande salle. Pendant ce temps, j'irai inviter le secrétaire du Tribun à vous conduire dans son cabinet. »

Dès qu'ils sont dans la grande salle, le Pélerin, qui marchait courbé, et dont le visage était caché sous son chapeau rabattu, se découvre et se relève fièrement.

« Montréal, dit-il d'une voix forte, me reconnais-tu maintenant ?

— Ciel ! que vois-je ? Sciarra Colonne !

— Oui, c'est lui, c'est ton frère-d'armes qui vient seconder ton courroux.

— Hé quoi ! Sciarra ; tu oses pénétrer en ce lieu ! ne crains-tu pas Rienzi ?

— Je ne crains personne......... D'ailleurs, sous ces habits, qui pourrait me reconnaître ? Ira-t-on me découvrir sous les traits d'un vieillard qui s'est traîné depuis **Avignon** jusqu'à cette capitale, en invoquant un Dieu qui mourut pour l'homme ? que peut-on redouter d'un Pélerin qui, le bourdon à la main, ne paraît occupé que d'actes de piété ? Qui pourrait lire au fond de mon ame ? N'ai-je pas Montréal, trompé tes

regards à l'instant même, et cet in-
solent Tribun, qui règne en maître
ici, me connaît-il ? Non, sans doute ;
j'étais si jeune encore, lorsque je fus
banni de Rome, et les maux que j'ai
soufferts ont tellement altéré mes
traits que je puis me présenter devant
lui avec sécurité... Tiens, Montréal ,
vois quels écrits le hasard a fait tomber entre nos mains... Lis.

Au Tribun des Romains... à Rienzi !
Comment se fait-il que ces lettres.....

— Écoute, et cesse d'être étonné...
Un Pélerin Français , dirigeant ses
pas vers Rome, ayant été surpris hier
par nos soldats , fut amené devant
mon oncle qui l'interrogea. Cet homme
était porteur de ces lettres qu'Innocent
et Pétrarque adressent au Tribun , je
m'en saisis ; je prends la place du
messager qui reste captif dans Palestrine, et j'arrive dans Rome où déjà ,

par nos soins l'on prépare un soulè-
vement général.

—Quoi ! vous comptez sur un mouvement prochain ?

— Nous en sommes certains. Depuis plusieurs jours , Hilario est ici...
Tu as dû le voir , car il était chargé
d'une lettre pour toi.

— Ah ! c'est sans doute lui qui me
l'a remise ce matin.

— Mais , dis-moi , Montréal, qui
t'a fait , jusqu'à ce jour , différer ta
vengeance ?

— Crois-tu , Sciarra, que j'aie oublié mon serment ? Non , il est toujours présent à ma pensée. Je sais ce
que je dois aux manes de mon père ,
et quand l'instant de la justice arri-
vera , ma main leur offrira en sacrifice les jours de son odieux meurtrier.

—Cependant, si l'on ne nous a point
trompés, tu le sers avec zèle... Je suis

loin de te faire un crime de la victoire que tu as remportée sur Ordelaffi, puisqu'il était l'ennemi juré de notre maison ; mais depuis, tu n'as cessé de donner au Tribun des marques de dévouement, et même ta valeur a été plus d'une fois fatale à notre parti. Est-ce ainsi, Montréal, que tu sais garder ta foi ? Esclave de Rienzi, tu as porté les armes contre nous.

— Vous ai-je promis d'éviter les hasards et de fuir devant vous ? Devais-je compromettre ma gloire pour une cause qui n'est pas la mienne ? Votre unique but, en renversant le Tribun, n'est-il pas de faire rentrer les Romains sous un joug qu'ils détestent? Hé bien ! Sciarra, apprends qu'abhorant toute espèce de tyrannie et touché du sort d'un peuple qui veut sa liberté, je suis fier d'avoir vaincu pour lui. Je ne te dissimulerai pas non plus que, malgré la haine que j'ai vouée à Rienzi, je ne puis me défendre de l'admirer.

— Qu'entends-je, Alphonse? Quoi! tu oses, en ma présence, faire l'éloge du bourreau de ton père ! Ah ! je n'attends plus rien de toi. As-tu donc oublié que le sang du baron de Montréal coula sur l'échafaud , qu'il demande vengeance , et que tu trahis un serment solennel ?

— Arrête , Sciarra : cesse de déchirer mon cœur.

— Ton cœur , perfide , est fermé aux sentimens de la nature. Laisse-moi , fils indigne : nous saurons bien sans toi perdre notre ennemi. Va ramper auprès de lui ; fais plus : déclare-lui le motif qui m'amène en ces lieux , et livre ma tête au monstre qui nous priva , l'un et l'autre , d'un père.

— Épargne- moi , Sciarra : tes reproches me tuent..... Crois-tu que je

3..

ressente moins vivement que toi la perte que j'ai faite? Connais-tu les terreurs dont je suis, sans cesse, assiégé? Peins-toi les remords qui me déchirent. L'ombre de mon père me poursuit en tout lieu ; la nuit, elle me glace par ces paroles terribles qui retentissent jusqu'à mon cœur : « Quoi! mon fils, tu démens le sang où tu puisas le jour ! Qu'attends-tu pour me venger? Oublie-tu que mes manes irrités ne seront appaisés que par la mort de mon assassin ? Accomplis ton serment ; frappe, je te l'ordonne, je veux du sang.

— Et tu n'obéis pas !

— Vois quel est mon tourment ; je suis Français ; la trahison m'est odieuse, et je me vois condamné à cacher mon dessein. Mais ta présence réveille mes fureurs, et me rappelle mon serment. Oui, le rôle où je

suis descendu me fatigue. j'aborderai
Rienzi sans témoin ; je le surprendrai,
et le forcerai à combattre.

— Insensé, ton projet excite ma
pitié. Crois - tu qu'il s'abaissera jusqu'à toi ? Non, ses bourreaux t'ap-
prendront comme il se fait redouter.

— J'ai une plus haute idée de son
caractère, et j'espère qu'il ne refusera
pas un défi. Mais que t'importe ? Son
trépas doit suffire à la haine que lui
a vouée ta famille. Le sort en est jeté ;
il tombera sous mes coups.... Après,
tu pourras enchaîner ta patrie : j'i-
rai, loin de ces murs, expier mes
remords.

— Tes remords !

— Oui, Sciarra, je suis voué à des
chagrins éternels..... Tu sais qu'à l'é-
poque où la peste fit de si grands
ravages dans Avignon, je faillis devenir la victime de ce fléau terrible.

Transporté dans un hospice, j'étais abandonné au mal impur qui dévorait ma vie ; mon corps, brûlé d'un feu mortel, dépérissait. J'allais expirer, quand une jeune fille, un Ange consolateur me porta des secours salutaires. Mes yeux se rouvrirent enfin à la lumière. Que j'eus peur de mourir ! ses attraits, sa tendre piété, son courage héroïque, les vœux qu'elle adressait au Ciel pour moi, ses soins empressés, tout en moi rappela l'existence. Elle m'arracha au trépas, et, lorsque je m'éloignai de ma libératrice, à qui je laissai ignorer mon nom et ma naissance, j'emportai un cœur pénétré d'amour et de reconnaissance. Mais pouvais-je alors prévoir que je la retrouverais dans Rome?

— Que dis-tu, Montréal?

— Oui, cette Vierge céleste, à qui je dois la vie, qu'un père, long-temps

proscrit , a rappelée auprès de lui ,
est la fille de Rienzi.

— O Ciel !.... et tu l'aimes.

— Je l'adore.

— Elle connaît ton amour.

— Oui , et elle le partage. Mais ,
loin de soupçonner mon projet , elle
croit aimer en moi le chevalier Montbrun.

— Homme faible !

— Quoi ! Sciarra , tu ne me plains
pas !....... Non , tu n'as rien d'un
homme , si mon sort ne peut tou-
cher ton ame........ Mais j'aperçois
Bonarelli. Je te laisse , Sciarra , et
vais lui annoncer ton arrivée. Il m'in-
diquera le moment où tu pourras
obtenir l'audience que tu désires.

❋

CHAPITRE XLIII.

L'Audience publique. — Lettres du Pape et de Pétrarque. — Entretien embarrassant.

———

SCIARRA, resté seul, parcourait la salle à grands pas.

« Montréal, se disait-il, qu'as-tu fait ?..... L'imprudent !..... M'ouvrir son ame !.... Ah ! je veillerai sur ses démarches, et, s'il tentait de s'opposer à nos projets, malheur à lui ! ce poignard lui percerait le sein. L'insensé ! Qu'attend-il de son fol amour pour la fille de Rienzi ?.....
Et quel est son délire en vantant ce vil peuple dont il ignore et l'esprit et les mœurs ? Ne voit-il pas que, sans vertus, sans énergie, sans foi, il n'a

conservé de Romain que le nom
Montréal croit à son courage !.....
Quelle est son erreur ! Ce peuple, fait
pour être asservi, encense aujour-
d'hui celui qui le gouverne ; demain
il l'immolera peut-être ; demain nous
pourrons ressaisir le pouvoir. Je sais
qu'il est capable de tourner un jour
ses fureurs contre nous ; mais pourvu
que Rienzi périsse, que son corps,
déchiré, soit traîné dans la fange,
que ses membres sanglans décorent
la fatale tribune d'où il a prononcé
notre proscription, dussé-je subir le
même sort, je mourrai satisfait.....
Mais notre triomphe s'apprête ; nos
émissaires nous ont informés des dispositions où ils ont trouvé nos partisans. Déjà ils se rassemblent chaque
nuit secrètement, et nous pouvons
compter sur l'appui de Palumbari et
de quelques officiers de la milice

Romaine. Ce soir, je les verrai, et j'espère que ma présence hâtera la perte du Tribun. »

Dans ce moment, il aperçut Montréal qui revenait accompagné du secrétaire de Rienzi.

« Mon père, dit le Chevalier à Sciarra, la faveur que vous sollicitez vous est accordée.

— Oui, homme vénérable, reprend Bonarelli, je vais vous présenter au Tribun qui se rend maintenant dans la salle d'audience, où il se dispose à recevoir les députés de quelque villes voisines, les magistrats de Rome, et plusieurs chefs de l'armée. Déjà on ouvre les portes au public. Venez, suivez-nous : l'audience va commencer. »

Sciarra, après avoir salué Alphonse et Bonarelli, croise les bras sur sa poitrine, et sans proférer une parole, les suit dans la salle d'audience , où se trouve déjà rassemblée une foule considérable. Une garde nombreuse , commandée par Carlo , est placée à toutes les issues , et autour de l'estrade destinée au Tribun. Bientôt on le voit paraître , richement vêtu , portant un sceptre d'acier surmonté d'un globe et d'une croix d'or. Six huissiers , couverts de longues robes noires , garnies d'hermine , se tiennent à ses côtés. Il se dispose à parler : le silence règne dans la salle , et chacun prête une oreille attentive.

« Députés de mes fidèles alliés , dit-il , et vous, magistrats, guerriers, citoyens , que j'aime à vous voir près de moi ! Une lutte terrible est engagée entre nous et les Colonne. Les Romains doivent enfin jouir de leurs droits, ou rentrer sous le joug de leurs vils oppresseurs. Ils n'ont plus

3. 4

à choisir qu'entre la victoire et les fers, entre la gloire et l'opprobre.

— Tribun auguste, dit l'envoyé de Pérouse, chargé, par mes concitoyens, de vous exprimer leur reconnaissance pour les services que vous venez de rendre à toute l'Italie, je viens, avec les députés de Florence et de Sienne, vous offrir nos hommages, et vous prier de protéger nos républiques. Elles vous doivent la tranquillité dont elles jouissent actuellement ; mais elles fondent sur vous le maintien de la paix d'où dépend leur prospérité. Oui, Seigneur, nos destins tiennent à vos succès. Tant que Rome sera gouvernée par vous, l'Italie respirera. S'il est encore quelques esprits mécontens ou incertains, ils seront entraînés par l'ascendant de votre génie. Rome, fatiguée de la tyrannie où elle gémissait, vous

rappela. Vous parûtes , Seigneur ;
soudain les divisions cessèrent ; les
nobles , naguères si altiers , si tur-
bulens, se soumirent aux lois; l'effroi
de votre nom se répandit jusqu'au
fond de nos provinces , et les bandes
de brigands qui les désolaient dispa-
rurent. Maintenant le Pélerin vient ,
avec sécurité , visiter , en ces lieux ,
les tombeaux des Apôtres. Le labou-
reur , qui ne pouvait recueillir ses
moissons que le glaive à la main ,
n'a plus à redouter les fureurs de la
guerre. A votre nom, le peuple, dont
vous êtes l'idole, verse des larmes de
joie ; il appelle , sur vous , les bénédictions du Ciel , et , confiant dans
l'avenir , ose rêver les jours de son
antique gloire.

— Ils renaîtront ces temps dont
le souvenir est si cher aux Romains.
Oui , la liberté , assise au Capitole ,

formera de l'Italie une vaste puissance
qui réglera les destins de l'Europe.
Mais , avant tout , il faut que les
ennemis du *bon état* soient accablés.
Tant qu'ils vivront , le sort de Rome
demeurera incertain. Il me faut des
soldats pour les vaincre et non de vains
discours. La mort seule des Colonne
peut mettre un terme à nos débats. »

Ces paroles excitent l'admiration
des députés qui , après s'être incli-
nés respectueusement devant Rienzi ,
sont conduits dans l'appartement qui
leur est destiné.

L'audience continue.

Pétrini , l'un des premiers commerçans de Rome , remet au Tribun
une pétition signée de plusieurs citoyens. Rienzi , après l'avoir lue avec
attention , fronce le sourcil , et donne
des marques d'improbation.

« J'étais loin de m'attendre à une

telle démarche, dit-il? Quoi! ceux
qui, par leur fortune, sont le plus en
état de sauver la république, cher-
chent à se soustraire aux impôts!.....
et c'est vous, Pétrini, qui êtes leur
interprète!

— Seigneur, répond le commerçant, j'ai cru, dans l'intérêt de Rome,
devoir accepter cette mission ; mais,
malgré les représentations que nous
osons vous faire, croyez que nous
n'en rendons pas moins justice à la
sagesse de votre gouvernement. En
effet, Seigneur, que n'avons-nous
pas souffert durant votre exil! Que
de sang fut versé pendant ces temps
d'anarchie où le fer transmettait la
puissance tantôt aux Colonne, tantôt
aux Ursins, et même aux Savelli, où
Rome enfin, fatiguée des maux qui
l'accablaient, attendait lequel des
partis elle aurait à maudire! Mainte-

nant, Seigneur, Rome respire sous l'égide de vos lois : mais elle n'est pas heureuse. Le commerce languit ; nos ressources s'épuisent ; la famine nous menace ; la guerre se prolonge. Daignez, Tribun, jeter un regard sur nos souffrances ; donnez quelque repos à nos douleurs, et surtout allégez les impôts.

— Quel langage, Pétrini ! Hé quoi ! les plus riches habitans de cette capitale, loin de rougir d'un honteux égoïsme, demandent à s'affranchir des charges que le peuple partage avec eux sans murmurer ! Ils pleurent un peu d'or, et veulent être libres..... Eux libres ! non, jamais..... Les dangers les effrayent ; ils ne sont pas Romains ; ils souillent ce beau nom. Les lâches ! ils mériteraient d'être rendus à leurs anciens maîtres. Retirez-vous, Pétrini, et dites à ceux

qui vous ont envoyé , que leur démarche excite mon indignation. Malheur à eux s'ils cherchaient à abuser
le peuple ! Mais leurs efforts seraient
vains ; ma voix reprendrait bientôt
ses droits sur ses esprits séduits.......
Allez. »

Tandis que le commerçant se retire
confus , Bonarelli fait avancer le Pélerin qui remet au Tribun les lettres
dont il est porteur.

« Qu'ai - je lu , s'écrie Rienzi avec
un sourire ironique !...... Le Pontife
me comble d'éloges....... J'étais loin
de penser qu'il bornerait ses secours
à faire des vœux au ciel pour moi.
J'avais espéré davantage : je croyais
que Sa Sainteté , fidèle à sa parole ,
se serait enfin décidée à m'envoyer
l'armée qu'Albornos commande.......
Mais je triompherai sans elle , et ma
gloire n'en aura que plus d'éclat. »

Pendant que Rienzi prend lecture de la lettre de Pétrarque, Sciarra lui dit en déguisant sa voix :

« Seigneur, je me suis chargé de ces lettres sans prévoir l'impression qu'elles vous feraient. Les grandeurs d'ici-bas, les vanités de ce monde me sont étrangères. Il n'est qu'un bien auquel j'aspire ; ce bien, je le demande à Dieu nuit et jour au pied de ses Autels. Le ciel connaît mes vœux.

— Le ciel vous exaucera. La voix de l'homme juste monte toujours jusqu'à lui.... Mais que vois-je ? Que cette lettre dictée par l'amitié est consolante pour moi ! O Pétrarque ! vous êtes toujours le même. Vertueux citoyen, que vos sentimens sont élevés ! que nous sommes faits pour nous entendre !... Quant à vous, mon père, vous pouvez rester au Capitole: vous y trouverez le pain de l'hospitalité.

— J'accepte vos offres avec reconnaissance, Seigneur ; mais, ministre
des autels, mon premier devoir est
d'aller prier sur les tombeaux sacrés.

— Allez, mon père, que Dieu vous
entende !

— Perfide, dit Colonne en s'éloi-
gnant, je vais achever ta perte. »

L'audience terminée, la foule
s'écoule, les gardes s'éloignent, et
Rienzi fait signe à Alphonse de le
suivre. Ils s'arrêtent au milieu d'une
vaste galerie dont les extrémités
sont gardées par quelques hommes-
d'armes.

« Cher Montbrun, lui dit le Tribun, je t'estime. Tu m'as rendu de
grands services. Tu as vaincu le tyran
de Forli, tu as détruit les hordes de
brigands qui dévastaient nos cam-
pagnes. Je te regarde comme un
soutien que le ciel m'envoye. Ne

t'ai-je pas vu pleurer sur les débris de la grandeur Romaine, sur ces monumens des arts qu'un peuple ignorant insulte par son mépris ? Que ces larmes t'honorent à mes yeux ! elles décèlent une grande ame et présagent ta gloire. Aussi je veux te combler d'honneurs et de bienfaits.

— Tribun, je ne mérite pas ces faveurs.....

— Hé quoi ! Montbrun, ta modestie m'étonne... N'es-tu pas digne de me comprendre ? Lorsque je pense à nos jeunes Romains, je ne puis m'empêcher de rougir pour eux.

— Epargnez-moi, Seigneur..... ce langage.....

— Écoute-moi, Montbrun ; tu connais les forfaits dont Rome fut long-temps le théatre. Des guerriers considérant l'assassinat comme une victoire ; des rivaux n'osant braver la mort, mais cherchant, dans l'usage des poisons, des crimes sans danger; des juges corrompus, faisant un trafic honteux de la justice; des nobles, soutenus par de vils sicaires, se livrant, sans pudeur, aux plus coupables exactions; le vol, l'incendie, le pillage exercés chaque jour avec impunité, voilà ce que l'ancienne capitale du monde offrait dans ces temps désastreux. Aussi Dieu courroucé fit fondre sur elle toutes les calamités. Les flammes, descendues des cieux, dévorèrent les villes; les fleuves se débordèrent; la peste, la mort, la famine, tels furent les fléaux qui l'accablèrent. Clément V, en fuyant cette malheureuse cité, avait causé sa ruine; il l'avait abandonnée à vingt partis qui se détruisirent tour à tour. Quel honteux spectacle elle offrait au voyageur étonné ! il cherchait vainement les Romains sur les rives du Tibre, et ne rencontrait que de tristes débris qui attestaient leur barbarie. Quand le pouvoir passa entre les mains d'Etienne Colonne, les désordres furent portés à leur comble. Les Pélerins qui, couverts de cilices, venaient, de toutes parts, visiter nos saints lieux, ne trouvaient plus de sureté dans nos murs. Les autels mêmes ne pouvaient les protéger. Colonne vendait à l'audace impunie les crimes déjà commis, et ceux qu'elle méditait. Dieu me cria : « lève-toi ; punis ! » Les yeux noyés de larmes, j'allai consulter les débris de nos antiques monumens. Ce peuple abruti riait de ma douleur. « Romains, m'écriais-je, n'êtes vous plus au fond de vos tombeaux ? Hélas ! que n'ai-je vécu parmi vous ! mais ici tout a péri, tout, jusqu'au souvenir de votre gloire. » Cependant la jeunesse Romaine, partageant mon indignation, s'offrit à seconder mes projets. Long-temps je dévorai les affronts dont les nobles m'abreuvèrent. J'étais en butte à leurs insolentes railleries ; mes discours fougueux égayaient leurs loisirs ; ils me traitèrent tous comme un vil bouffon. Mais, à force de déclamer contre les vices des grands, j'attache enfin l'attention du peuple. Il me comprend, et se réveille à ma voix. Il se lève ; le règne des lois succède à la tyrannie, et Rome devient libre. Nommé Tribun du peuple, je fis renaître le commerce et la paix. Le succès couronnait mes travaux : une ère nouvelle s'ouvrait pour les Romains, et déjà l'Italie entière avait adopté mes lois, lorsque je fus indignement trahi. Clément VI, accueil-

lant les calomnies dirigées contre moi,
me frappa d'anathème. Dépouillé du
pouvoir, ma tête fut mise à prix.
Forcé de fuir une ingrate patrie,
j'errai long-temps dans les Apennins,
en Sicile, en Allemagne. L'Empereur
Charles IV, dont j'allai implorer l'appui, me protégea d'abord ; mais,
voulant bientôt complaire au Souverain Pontife qui demandait que
je lui fusse livré, on me conduisit,
chargé de chaînes, dans Avignon, où
je fus jeté dans les fers. Je gémissais au
fond de ma prison sur le sort de mon
pays, lorsque, reconnu innocent,
et rendu tout à coup à la liberté,
j'apprends que les Romains me rap-
pellent. Après quelques entraves sus-
citées par mes ennemis, je m'avance
vers Rome, où je suis reçu au milieu
des cris d'alégresse d'un peuple qui
bénit mon retour, et le timon de l'état

est de nouveau confié à mes mains. Tu sais, ami, l'usage que je fis de l'autorité suprême ; une seconde fois je sauvai ma patrie ; mais ses ennemis ne sont pas entièrement domptés. Quelques efforts encore, et la liberté triomphe : elle sera consolidée par le sang des rebelles.

— Trop de sang, Seigneur, fut versé par vos ordres.

— Jeune homme, avant de me condamner, il faut du moins m'entendre. Oui, j'ai fait couler du sang, j'en veux répandre encore. Ce n'est que par la terreur que je parviendrai à fonder la liberté dans Rome. Oui, bientôt l'Italie sera pour jamais affranchie des lâches Tyrans qui ont fait si long-temps sa honte et son malheur. Le peuple me secondera, et, si le sort m'est propice, Rome commencera la liberté du monde.

— Ces desseins , que j'admire , sont dignes de vous , Tribun ; mais je tremble.... Je vous plains.... Vous avez tant d'ennemis..... Vous fûtes si sévère !

— Il est vrai que les traîtres , les ennemis de mon pays ont trouvé en moi un juge inexorable.

— Votre inflexibilité , Seigneur , peut un jour vous devenir funeste. Plus d'un fils , las de pleurer un père mort sur l'échafaud , peut concevoir le projet de vous percer le cœur.

— Qu'oserait-il entreprendre ? Je suis prêt à rendre compte au fils de la mort de son père. Mes arrêts furent toujours dictés par la justice. D'ailleurs n'ayant eu d'autre but que le bien de mon pays , j'ai dû détruire tous les obstacles qui s'opposaient au succès du *bon état.* Tout suit l'impulsion que j'ai donnée ; les discordes ont cessé, et bientôt le règne de la liberté sera pour jamais affermi. Toi, cher Montbrun, qui briguas l'honneur de combattre pour elle, partage mes destins. Tu n'as plus de parens, je veux les remplacer. Oui, je t'aimerai comme mon propre fils, et liés désormais par le même intérêt, nous triompherons des Colonne, ou nous mourrons ensemble. »

Alphonse était tellement ébranlé par les discours du Tribun, qu'il ne put proférer une parole. Rienzi, attribuant son silence à l'émotion qu'éprouvait son ame reconnaissante, le pressa sur son cœur, et l'embrassa tendrement.

« Adieu, mon fils, lui dit-il, je vais régler quelques affaires importantes avec les députés que je viens de recevoir. Nous nous reverrons bientôt, cher Montbrun ; mon cœur

4.

besoin de s'épancher dans le tien. »

Ils se séparèrent. Alphonse, confus, agité, irrésolu, se retira dans son appartement, où il se livra aux plus sombres réflexions.

CHAPITRE XLIV.

*Terreur des Conjurés — Proposition qui
les rassure. — Leur entrevue avec
Sciarra Colonne.*

————

« Lélio , disait François Palumbari
à un homme qui sortait de son cabinet, prends cette bourse ; elle est la
récompense de ce que tu viens de faire
pour moi , et sois certain que , si tu
continue à servir notre cause avec le
même zèle , ta fortune est assurée.

— Reposez - vous sur moi , Seigneur ; mais surtout recommandez
bien à Hilario de se trouver demain
matin à huit heures précises , caché
sous ses habits de mendiant, dans les
ruines du Temple de Jupiter Capitolin. J'irai l'y trouver, pour l'informer

des démarches du Seigneur Bonarelli mon maître, lesquelles, d'après les avis que je viens de vous donner, doivent nécessairement échouer.

— C'est bien, mon ami : compte sur Hilario..... Évite tous les regards. Traverse le jardin le long de la grande charmille, et sors, avec précaution, par la petite porte dont je t'ai confié la clef.

— N'ayez nulle inquiétude, Seigneur; je suis aussi intéressé que vous à éviter jusqu'au moindre soupçon. »

Les réflexions, que Palumbari fit sur ce que Lélio venait de lui révéler, le jetèrent dans une inquiétude mortelle. Le danger qu'il encourait remplissait son ame d'épouvante.

« Tout est perdu, se disait-il, si le Tribun acquiert la preuve de la trame ourdie contre lui. Comment détourner l'orage prêt à éclater? Consultons Hugues des Ursins et Jules Pandolpho. Il me tarde de leur faire part de mes craintes , et de me concerter avec eux ! »

Les deux chefs des conjurés , dont Palumbari désirait si impatiemment la présence , arrivèrent aussi , accompagnés d'Hilario.

« Frémissez , mes amis , leur dit Palumbari avec l'accent de la terreur. Lélio, qui sort d'ici, vient de me prévenir que Bonarelli , ayant découvert quelques indices de la conspiration , en a instruit le Tribun qui sait que nous nous sommes rassemblés hier chez toi , des Ursins , et qu'on doit se réunir de nouveau ce soir dans ma maison. »

Des Ursins et Pandolpho restent immobiles d'effroi. Hilario les considère en riant.

« Quoi ! lui dit des Ursins , tu

ne partages pas nos craintes ?

— Ah ! ah ! ah ! reprend Hilario,
moi, m'alarmer d'une chose qui,
avec un peu d'adresse, peut vous être
favorable !

—Je ne te comprends pas, reprend
Palumbari.

— Les principaux chefs de la conspiration ne doivent-ils pas se rendre
ici ce soir ?

— Oui.

— Ils seront sans armes, puisqu'il
est convenu qu'on n'agira pas avant
l'arrivée de Sciarra Colonne.

— Sans doute.

— Hé bien ! laissez venir ici vos
amis.

— Quoi ! malgré l'avertissement
de Lélio, tu voudrais.....

— Oui, vous dis-je?.... Que cette
soirée soit consacrée aux plaisirs ! Si le
Tribun cherche à s'assurer du motif

de votre réunion, qu'il envoie ses agens dans votre palais! Qu'il y vienne lui-même! Loin de craindre sa présence, vous devez la désirer, car il vous sera facile de lui faire prendre le change. Je suis même certain qu'il fera de sanglans reproches à son secrétaire, pour lui avoir inspiré des soupçons sur la fidélité du chef de sa milice. Hé! hé! hé! Que dites-vous de mon idée?

— Elle est excellente, dit avec joie Palumbari. Oui, c'est un sûr moyen de tromper le Tribun....... Je vais faire tout disposer pour un concert. Mais avant tout, il est urgent de prévenir nos amis de cette circonstance.

— Soyez tranquille, Seigneur Palumbari, dit Hilario : je me charge de ce soin.

— Nous devons te rendre justice,

Hilario ; ton zèle pour notre cause est infatigable. Aussi ton dévouement sera dignement récompensé.

— Hé ! hé ! hé ! je l'entends bien ainsi. Oui, sans doute, j'espère que je serai largement payé de mes peines ; car vous conviendrez que , depuis quinze jours que je suis avec vous , je ne suis pas resté oisif..... D'abord vous savez à quoi je me suis exposé en m'introduisant dans Rome avec les lettres que les Colonne vous adressaient. Ensuite , n'ai-je pas distribué à chacun de vos amis les bagues qui doivent leur servir de signes de reconnaissance ? J'ai fait plus , morbleu, j'ai , sous divers déguisemens , pénétré plusieurs fois jusque dans le Capitole, dans l'intention de vous débarrasser du Tribun. N'ayant pu parvenir à le frapper , j'ai gagné Lélio , qui sert fidèlement vos intérêts. J'ai aussi épié les démarches de Montréal que vous vouliez initier dans votre conspiration. Je vous ai fait part de ses incertitudes, de son amour pour Julia, de son enthousiasme pour ce que Rienzi appelle le *bon état*, et je vous ai empêchés, Seigneurs, de commettre une imprudence qui aurait pu compromettre votre sureté....... Ce n'est pas tout, pour couronner l'œuvre, me voilà maintenant *distributeur d'eau bénite*........ Ah ! ah ! ah ! ah ! que dites-vous, mes braves Seigneurs, de mon nouvel emploi ? C'est demain que j'entre en fonctions, et c'est à la protection du généreux Palumbari que je dois ce poste brillant. Hé ! hé ! hé !

— Que signifie cette plaisanterie ? Dit des Ursins.

— Je ne plaisante pas, Seigneur ; demandez au noble Palumbari, si je ne suis pas destiné à présenter le *goupillon* aux fidèles qui fréquentent la basilique de Saint-Jean-de-Latran.

— Cela est vrai, continue le chef de la milice. Vous savez, mes amis, que nous devons tous nous rassembler demain, à neuf heures du matin, dans les Catacombes situées au-dessous de cette église. Hé bien! comme il est important d'en interdire l'approche à ceux qui ne sont point des nôtres, je me suis servi du crédit dont je jouis auprès du clergé de Saint-Jean-de-Latran, pour faire nommer Hilario gardien des tombeaux et distributeur d'eau-bénite à la porte qui conduit dans ces vastes souterrains.

— Aussi, mes nobles Seigneurs, reprend Hilario, soyez assurés que personne n'y entrera sans porter au doigt la bague de nos amis.

— J'oubliais de te dire, ajoute

Palumbari, que Lélio se rendra demain, à huit heures du matin, dans
les ruines du temple de Jupiter Capitolin, et qu'il désire y trouver le
mendiant qu'il a rencontré quelquefois de ce côté, pour lui communiquer ce qu'il aura recueilli touchant
nos affaires.

— J'entends, Seigneur : Lélio sera
satisfait ; le distributeur d'eau-bénite
est propre à plus d'un rôle, ah ! ah !
ah !..... D'ailleurs, c'était mon intention..... J'ai conçu certain projet que
je n'abandonne pas... Oui, demain,
j'irai rôder par là. »

A peine Hilario a-t-il cessé de parler qu'on vient annoncer à Palumbari
qu'un Pélerin demande à l'entretenir
un moment. Il consent aussitôt à le
recevoir. Dès que cet homme est
introduit, il jette un cri de joie en
reconnaissant les trois personnes qui

5.

sont auprès du chef de la milice Romaine.

« O bonheur ! s'écrie-t-il, je puis, avec sécurité, me découvrir ici, mon cher Palumbari ; car ceux dont je te vois entouré sont des nôtres.

— Ciel ! c'est Sciarra, dit Palumbari en se jetant dans ses bras.

— Hé ! hé ! hé ! ajoute Hilario, c'est vous, mon cher maître...... Diable ! Qui pourrait vous reconnaître sous cet habit ?

— Cher Colonne, continue Pandolpho, nous vous attendions avec impatience.

— Votre arrivée va tout décider, poursuit des Ursins.

— Oui, mes amis, demain Rienzi aura cessé de vivre. Je viens de lui être présenté..... L'insensé, loin de concevoir le moindre soupçon, m'a accueilli avec empressement. Il m'a même invité à rester dans son palais.

— Quoi ! s'écrie Pandolpho, tu as osé parler au Tribun !

—Un Pèlerin, tombé hier entre nos mains, était chargé de lui remettre des lettres d'Innocent et de Pétrarque. J'ai rempli son message, et cette ruse m'a servi au-delà de mes espérances. J'ai vu aussi Montréal..... Le traître ! D'après l'entretien que j'ai eu avec lui, je m'applaudis de vous avoir recommandé de ne lui rien révéler. Montréal, aveuglé par l'amour et l'ambition, est un homme dangereux que nous devons surveiller ; mais je ne le perdrai pas de vue, car je vais retourner au Capitole où ma présence est nécessaire..... Quant à vous, mes amis, êtes-vous prêts ?

— Oui, Sciarra : depuis hier, j'ai pris soin de choisir, pour la garde de la porte Saint-Laurent, des hommes qui nous sont dévoués. Demain , ce poste sera commandé par César de Lucca , mon neveu. C'est un homme de résolution qui livrera l'entrée de cette porte à ton oncle , dès qu'il se présentera avec ses gens , et qui le secondera avec d'autant plus d'avantage, qu'ayant la confiance de nos soldats , son exemple peut les entraîner tous dans notre parti.

— D'après ces dispositions , nous ne pouvons manquer de réussir ; Rome est à nous. Cette nuit , Jean Colonne attaquera Liccard Annibalis près d'Ostie. Tandis que toutes les troupes du Tribun se porteront sur ce point , six cents de nos partisans , choisis pour cette expédition , marcheront vers la porte Saint-Laurent , couverts par le petit bois situé à peu de distance des murs de la ville où ils entreront dès que César de Lucca placera un drapeau rouge sur le rempart. Telles sont les instructions que Jean Colonne m'a chargé de vous communiquer.

— Je vais voir mon neveu, et lui prescrire de prendre les mesures nécessaires pour agir de concert avec nos amis de Palestrine. »

Les conjurés se séparèrent, et Sciarra retourna au Capitole, cachant sa joie sous des dehors pieux.

~~~~~~

CHAPITRE XLV.

Concert improvisé.

———

La nuit était avancée, et le Tribun veillait, retiré dans son appartement. Les dépêches terminées, il demande à son secrétaire s'il a recueilli de nouveaux renseignemens sur Palumbari.

« Oui, Seigneur, et ses intentions me sont plus que jamais suspectes. Informé qu'il avait eu hier un long entretien avec le capitaine Tumberti et le lieutenant Calvio sur les affaires du jour, j'ai interrogé ces deux braves officiers, et, d'après leurs réponses, il paraît que leur chef, comptant les trouver accessibles à la corruption, a cherché d'abord à les sonder sur leurs dispositions à votre égard, mais

que les trouvant dévoués à votre personne, il a tout à coup changé de
langage. D'un autre côté, j'ai su,
par mes agens, que les grands qui
fréquentent sa maison sont vos ennemis ; que leur haine pour vous perce
dans tous leurs discours, et qu'ils
plaignent hautement les Colonne.

— Dieu ! si tes conjectures étaient
fondées !... Mais, dis-moi, mon cher
Bonarelli ; dans le cas où ceux que
tu soupçonnes oseraient tenter un
mouvement, quelles mesures as-tu
prises ?

— J'ai chargé Carlo de surveiller
toutes leurs démarches. Ce brave,
dont vous connaissez l'activité, a
choisi d'intrépides soldats qu'il doit
conduire dans une heure près de la
demeure du chef de la milice.

— Je suis content de ton zèle et de
celui de Carlo ; mais va lui dire qu'il

ne sorte du Capitole avec ses gens que quand je lui en donnerai l'ordre. Tu avertiras aussi les capitaines Tarquinio, Jubiléo, Lelli, Zaganilla, Forfaro, et plusieurs des officiers du Capitole, de se rendre auprès de moi. Ils m'accompagneront chez Palumbari, tandis que Carlo et ses braves entoureront la maison où ils se précipiteront au premier signal.

— Quoi ! Seigneur, vous voulez vous rendre au milieu de gens qui, sans doute, ont juré votre perte !

— Oui, je veux les effrayer par ma présence.

— Mais s'ils attentaient à vos jours ?

— Ils n'oseront... D'ailleurs, ne serai-je pas entouré d'amis fidèles, et Carlo ne volerait-il pas à mon secours ?

— Permettez-moi de partager vos dangers.

— Tu peux m'accompagner ; j'y consens.

— Je vous suivrai armé.... Je vais exécuter vos ordres.

Onze heures sonnaient ; Rienzi fit venir les personnes qui devaient le suivre, et Carlo à qui il donna des instructions particulières. Les officiers, informés du service que le Tribun attendait de leur zèle, lui jurèrent de périr pour défendre ses jours. Il leur recommanda d'agir avec adresse, et de se conduire de manière à n'inspirer aucun soupçon aux conjurés, sur le but de cette visite.

Rienzi monte à cheval, et se rendit, avec douze de ses officiers, au palais de Palumbari, tandis que Carlo, après avoir divisé ses soldats en quatre détachemens, leur désigna les lieux qu'ils devaient occuper pour se tenir à portée d'agir.

Une société nombreuse était réunie chez Palumbari. Une musique brillante et gaie retentissait jusques sous les portiques de son palais, lorsque l'on annonça le Tribun. A l'aspect de Rienzi, le chef de la milice feignit une grande surprise. Il le reçut cependant avec des démonstrations de respect et de joie. Le Tribun, tout à coup rassuré sur le but de cette réunion, lança d'abord, sur son secrétaire, un regard de reproche. Il salua ensuite la société avec grâce, et prit place entre l'épouse et la fille de Palumbari.

« Seigneur, lui dit ce dernier, je ne m'attendais pas à l'honneur que vous me faites. Si j'eusse prévu votre visite, j'aurais pris soin de rendre ce concert digne de votre présence.

—Je venais vous annoncer, Palumbari, que j'élève votre neveu César de

Lucca à la dignité de chevalier ; c'est
un titre que je dois aux services qu'il
a rendus à la cause de la liberté. »

Tandis que Palumbari remerciait
le Tribun de la faveur qu'il accordait
au jeune César de Lucca, Bonarelli,
stupéfait, promenait ses regards sur
l'assemblée. Le Tribun, déguisant
son étonnement avec art, accueillait
tout le monde avec bienveillance.
Rassuré sur les intentions de ceux
qu'on lui avait dépeints comme sus-
pects, il resta près d'une heure au
milieu d'eux, et se retira, en les
laissant pleins de joie d'avoir eu
recours à une ruse qui avait réussi
au gré de leurs vœux. Bonarelli fit
aussitôt retirer Carlo et ses soldats,
et suivit Rienzi au Capitole.

CHAPITRE XLVI.

Mort de Liccard Annibalis. — Secret
dévoilé. — Scène déchirante.

« BONJOUR , l'ami , dit Hilario en
abordant Lélio dans les ruines du
temple de Jupiter Capitolin ; huit
heures viennent de sonner : tu vois
comme je suis exact au rendez-vous...
Hé bien ! qu'y a-t-il de nouveau?

— Des choses très-importantes pour
nous..... Je te dirai d'abord que les
soupçons du Tribun sur le seigneur
Palumbari sont détruits , et que Bonarelli lui-même paraît revenu sur
son compte.

— Hé ! hé ! hé ! voilà , morbleu ,
une bonne nouvelle à communiquer
aux conjurés.

— Ce n'est pas tout, Hilario; dis-leur aussi qu'un courrier vient d'informer le Tribun que son armée a été surprise cette nuit par la garnison de Palestrine, que Liccard Annibalis a été tué au premier choc, et que ses soldats se sont retirés en désordre sous les murs de Rome, où ils se sont ralliés au point du jour.

— Allons, tout va bien..... Mais que fait Rienzi?

— Il signe des ordres, et se concerte avec Montréal.

— Est-ce tout ce que tu as à me dire?

— Je ne sais rien de plus..... Je crois que le seigneur Palumbari sera satisfait de ces nouvelles.

— Oh! je t'en réponds; ainsi je cours les lui annoncer... C'est aujourd'hui le huit Octobre; je me tromperais bien ou l'on se souviendra long-temps de cette journée à Rome.

— Sans doute , Hilario.

— Hé! hé! hé! nous devons nous
en réjouir l'un et l'autre , car la chute
de Rienzi assure notre fortune.......
Mais le temps est précieux ; je te
quitte : adieu. »

Cependant l'alarme règne au Capitole où tout est en mouvement. Le
Tribun, entouré des officiers attachés
à sa personne , leur ordonne de se
préparer à le suivre.

« Braves guerriers , leur dit-il , nos
ennemis ont surpris nos troupes cette
nuit. Liccard Annibalis est tombé sous
leurs coups. Déjà leurs bataillons des-
cendent dans la plaine , et menacent
nos remparts. Hâtez - vous de rassembler nos soldats et nos meilleurs
citoyens. Montbrun qui remplace le
brave général que nous venons de
perdre, va vous conduire à la victoire.

Je veux aussi partager vos dangers.
Dans une heure nous marcherons
contre les Colonne. Il faut les repousser, amis ; c'est Dieu qui nous les
livre ; il fera triompher nos armes.
Les rebelles courent à leur perte ;
notre succès est certain ; Montbrun
va les combattre.

— Je ferai, du moins, tous mes
efforts pour les vaincre, reprend
Alphonse. Romains, sauvons le Capitole, et surtout ne perdons pas de
temps en vains discours. Oui, mon
sang vous appartient, et bientôt vous
pourrez vous convaincre que je suis
digne de défendre la cause de la
liberté.

— O mon fils ! s'écrie Rienzi, avant
de voler où la gloire nous appelle,
laisse-moi te presser sur mon cœur.
Noble Montbrun, je lis dans tes yeux
le gage de la victoire. Oui, tu seras

5..

le sauveur de Rome. Aussi, à ton retour en ces lieux, je veux t'armer chevalier, en présence du peuple. »

Alphonse porte à son épée une main convulsive, laisse le Tribun avec ses officiers, et rejoint Urbin, à qui il ordonne de tout préparer pour son départ. Il traverse ensuite une galerie; mais quel est son trouble à l'aspect de Julia qui vient à sa rencontre.

« Que vois-je, s'écrie-t-il! C'est-elle..... Hélas! je ne puis éviter sa présence.

— Je vous retrouve enfin, cher Alphonse, dit-elle en fixant sur lui des regards où se peignent, à la fois, le reproche et l'amour. Vous allez, dit-on, affronter de nouveaux périls. Ah! je tremble pour vous; je tremble pour mon père....... Mais le ciel est juste; il exaucera mes prières; protègera l'auteur de mes jours, et ne

ravira pas à ma tendresse celui à qui
ma main est destinée.

— Julia, que dis-tu ?

— Apprends le bonheur qui nous
attend : oui, cher Alphonse, le sort
nous sera prospère.

— A nous..... Ah ! Julia.

— Tu vas bénir mon père. Il dispose de ma foi, et brûle de te nommer son fils.

— Quoi ! je serais ton époux !......
Infortunée Julia, quel vain espoir
t'abuse !....... Hélas ! dois - je le lui
ravir ?

— Alphonse, pourquoi cette sombre tristesse qui se peint dans tes
yeux, quand je te parle des nœuds
que nous allons former ? Ose croire
au bonheur qui nous est réservé.
Bientôt conduite à l'autel par mon
père, je serai couronnée des roses
de l'hymen, et l'anneau nuptial

m'enchaînera à toi pour la vie. Tel
est le vœu de mon père. Va combattre
pour lui, mon Alphonse. Reviens victorieux, et, à ton retour, ta Julia
ceindra ta tête de lauriers.

— Puissions - nous, Julia, jouir
d'un bonheur sans nuage ! mais n'est-
il plus d'obstacles à nos désirs ! lève
sur moi ces yeux qui réfléchissent la
candeur de ton ame. Dieu ! quels
regards ! comme ils pénètrent au fond
de mon cœur ! ah ! je ne puis y résister. Oui, Julia, tu seras mon épouse.
Je vois déjà l'autel préparé pour recevoir nos sermens....... Des sermens !
O mon père !

— Que dis-tu ? ton père.....

— O remords ! tu déchires mon
cœur.

— Ciel, prends pitié de nous.

— Mon père veut du sang. Laisse-
moi, laisse-moi, chère amante.

— Quel étrange langage ! Quoi !
ton père.....

— Périt innocent **sur un infame**
échafaud.

— Son ombre peut-elle condamner
notre hymen ?

— Cet hymen ne s'accomplira pas.

— Qui peut s'y opposer ?

— Le meurtre de mon père.

— Explique - moi ce mystère affreux.

— Ne m'y condamne pas.

— Je le veux.

— Hé bien ! frémis..... Julia , tu
vas me détester ; mais je ne puis plus
long-temps garder le secret qui pèse
sur mon ame. Partage le poison qui
me dévore. Hélas ! pourquoi, lorsque
la mort allait me saisir , es-tu venue
me prodiguer tes secours ! Que ne
suis-je encore à ce fatal moment! Je
te dirais : fuis un ingrat qui t'adore,

mais dont le bras doit trancher les jours de ton père.

— Tu me glaces d'épouvante.

— Je suis le fils de Montréal.

— Dieu ! je me meurs.

— Julia, Julia..... O ciel !..... Sa main est froide, ses joues se décolorent... Qu'ai-je fait? Julia, entends ma voix.

— Alphonse........ Cher amant..... Mais que dis-je ? Quel nom est sorti de ma bouche ! Je ne vois plus en toi qu'un traître, un imposteur, l'ennemi de mon père ; celui qui brûle de lui percer le sein. Cruel ! pourquoi te cachais-tu sous de si brillans dehors ? N'est-il donc plus de vertus dans le cœur des hommes ? Comme il m'abusait par ses discours trompeurs ! Ton amour n'était donc qu'un moyen dont se servait ta haine ?

— Tu ne le pense pas, Julia. Lié

par un serment terrible, je voulais combattre le Tribun en présence de Dieu....... Hélas ! je te revis et n'eus point la force de remplir mes desseins. Devoir, honneur, vengeance, j'oubliais tout pour t'aimer.

— Hé bien ! Montréal, prouvez-moi donc que vous m'aimez encore. Respectez un héros qui se confie à vous et vous nomme son fils. L'immoler, ce serait frapper d'un seul coup tout le peuple Romain.

— Mais, en épargnant ses jours, je deviendrais parjure..... Sais-tu, Julia, depuis quel temps mon cœur est déchiré ? Mesure mes remords et mes chagrins au pouvoir de tes charmes. Juge quels tourmens j'ai soufferts. Tu m'aimais, et j'invoquais le trépas. La nuit, lorsqu'un songe agréable enivrait ta pensée, moi, la souffrance déchirait mon ame. Invoquant le sommeil qui fuyait mes paupières, je m'étendais sur le marbre glacé, et là, n'osant me plaindre, je m'assoupissais quelquefois. Alors, je croyais poursuivre l'ennemi que j'avais juré d'immoler. Soudain je me sentais rouler de rochers en rochers ; il m'échappait toujours. Mon père, pâle, sanglant, m'apparaissait, et me criait : « où fuis-tu, mon fils ? et ton serment ! » Mille songes effrayans me rendaient à mes furieux transports. Dans l'excès de ma rage, je vole auprès du Tribun pour le sacrifier aux manes de mon père ; mais, Julia, ton regard subjugue mon courage, et, malgré moi, je me trouve l'appui de Rienzi. Au lieu de le frapper, je vais vaincre ses ennemis. Qu'exiges-tu de plus. Ah! jouis de ma faiblesse, ou, plutôt, prends pitié de mon sort. N'ajoute pas aux maux qui m'accablent le désespoir d'être haï de toi.

— O Dieu ! quelle est ma destinée !
le malheur ne cessera-t-il donc de me
poursuivre ? Quoi ! Seigneur , vous
méditez la perte de mon père. N'espérez pas que je survive au coup dont
vous frapperiez ma tendresse. L'instant où un pareil sacrifice serait
consommé deviendrait celui de mon
trépas....... Si cependant , cédant à
mes prières , votre pitié m'accordait
une faveur à laquelle je crois avoir
des droits sacrés ; si vous vouliez rappeler à votre souvenir que l'éternel ,
guidant mes pas vers vous , me per-
mit de ranimer vos jours ; si le pardon
remplaçait enfin , dans votre ame ,
vos projets de vengeance , je pourrais
encore supporter la vie. L'infortune
nous unit ; faudra-t-il qu'elle nous
sépare ? Révoquez , Montréal , des
sermens que le ciel réprouve. Croyez-

vous que le sang précieux que vous
voulez répandre soit un hommage
agréable à votre père ? Au-dessus des
misères humaines, du haut des cieux,
il voit vos fureurs en pitié. Peut-il,
aux pieds de l'Éternel, ordonner un
forfait ? Chrétien, ton devoir est de
pardonner. Montréal, au nom d'un
Dieu clément, au nom des maux
dont tu veux m'accabler, au nom de
Rome avec moi prosternée, pardon,
pardon.

— Ciel !.... Julia.

— Je reste à tes genoux. Refuseras-
tu de m'entendre ?

— Hé bien ! Qu'ordonnes-tu ?

— Jure-moi d'oublier ta cruelle
injure.

— Je ne puis trahir mes sermens.

— Perfide ! tu brûles de te souiller
du meurtre de mon père.

— Empêche ma vengeance en dé-

vouant ma tête aux bourreaux........
Déclare qui je suis.

— Barbare ! en aurais-je le courage ?..... O douleur !

— Tu pleures , Julia.

— Laisse - moi , Montréal ; je n'
vois plus en toi qu'un implacable
ennemi. Penses-tu que je puisse ba-
lancer entre mon père et toi ? Crois-tu
que je garderai le silence ? Tu veux ,
dis-tu , venger ton père en immolant
le mien ! Mais j'entends aussi la voix
de la nature. Fuis ces lieux, Montréal.
Hélas ! ton image restera toujours dans
mon cœur ; mais nous ne devons plus
nous revoir. Adieu pour toujours. Si
tu osais rentrer dans Rome , alors ,
je remplirais mon devoir.

— Julia , ta douleur me déchire...
La vie m'est un supplice affreux. Que
faire ?... Mourir ! Adieu, les ennemis
de ton père m'attendent : puissent
6.

leurs lances me percer le cœur......
Adieu, chère Julia, je vais chercher
la mort. »

Montréal se retire précipitamment.
Julia jette un cri et tombe sans mouvement sur le marbre glacé,

CHAPITRE XLVII.

Alphonse déplore le sort de Rome. — Sciarra le presse de se venger. — Son incertitude. — Son amour pour la Liberté.

MONTRÉAL, après avoir revêtu son armure, se disposait à descendre du Capitole pour rejoindre les guerriers qui devaient marcher sous ses ordres. Il s'approche d'une fenêtre d'où il découvre Rome. Cet aspect imposant lui arrache un profond soupir. Il gémit en pensant qu'il va s'éloigner du séjour habité par Julia et qu'il ne doit plus la revoir.

« Adieu, Rome, se dit-il, je vais mourir..... Rome, je ne foulerai plus ta cendre..... Temples, Monumens que tant d'exploits ont rendus si fameux, je vous revois pour la dernière fois. Rome, ton grand peuple, illustré par la guerre, les arts et l'amour de la patrie, voulut jadis être libre ; il le fut, et sa gloire pendant plus de sept siècles étonna l'univers... . Dieu ! quels changemens ! que de marbres mutilés ! que de pompeux souvenirs méprisés des Romains ! Tout ici est maintenant frappé des divines vengeances, et je gémis sur moi devant ces sacrés débris..... Mais hélas ! les larmes que j'ai si souvent versées en contemplant tant de ruines ont été stériles..... Que pouvais-je, faible mortel ?..... Ah ! je pouvais aimer.... Julia, je te dois l'air que je respire, et j'ai pu conspirer contre ton bonheur !.... A quels terribles combats je suis livré !.... Je trahis les Romains... O Julia ! ô funeste serment ! Faut-il

que je sois parjure? Faut-il précipiter
Julia dans la tombe?.... Affreuse incertitude! Le trépas seul pourra m'affranchir de tant de tourmens : mais,
avant de mourir, combattons les Colonne, et sauvons les Romains.....
Dieu ! Sciarra !.....

— Arrête, Montréal, lui dit Sciarra
en le rejoignant ; je veux te parler
pour la dernière fois.

— Que veux-tu me dire?

— Je veux tenter encore de t'éclai-
rer sur ton devoir. Que vas-tu faire,
jeune imprudent? Au lieu de remplir
ton serment, tu te prépares à combattre pour le meurtrier de ton père,
et contre ceux qui t'ont accueilli avec
tant d'empressement !

— Tu t'abuses, Sciarra, si tu crois
que je renonce à venger mon père.
Oui, le trépas du Tribun m'appartient ; mais, avant tout, un peuple

entier se confie à ma foi. Je défendrai ses droits. Je connais les desseins de ses ennemis, et, loin de les seconder, je jure de combattre pour la liberté.

— Insensé ! que pourrais-tu faire contre la haine que Rienzi nous inspire ? Nous avons tant d'amis dans Rome, que la chute du Tribun est certaine. Depuis long-temps je travaille à sa perte, et bientôt tout ici reconnaîtra l'autorité des Colonne. Mais, puisque tu persistes dans tes projets de vengeance, ne saurais-tu en hâter le moment ! Quant à moi, qui passe pour étranger en ces lieux, je ne puis l'immoler, puisqu'on m'interdit son approche. Mais pourquoi balances-tu ? Ah ! crois-moi, Montréal ; va le frapper à l'instant même. Que je jouisse enfin du bonheur de le voir expirant, et de le maudire à sa

dernière heure..... Quoi ! tu détournes les yeux. Je le vois ; tu as peine
à concevoir l'excès de ma haine. Quant
à moi , je ne puis comprendre comment ce perfide t'en impose , ni quel
motif peut suspendre tes coups.......
Mais , que dis-je ? J'oubliais que l'a-
mour s'est emparé de tes sens , et que
ta folle passion te pousse au parjure.

— Au parjure ! non , Sciarra , je
n'oublierai jamais l'outrage fait à mon
père.

— Qu'attends - tu donc pour te
venger ?..... Que ta douleur est loin
d'égaler la mienne ! A - t - elle jamais
égaré ta raison ? As-tu , comme moi ,
vu périr sept frères sous tes yeux ?
As-tu , trompant tous les regards , et
au milieu de la nuit , rassemblé les
restes de ton père massacré par le
peuple , pour lui donner la sépul-
ture ? As - tu creusé son tombeau et

rejeté sur son corps une terre teinte de son sang ? Tu n'as pas été forcé de fuir pour dérober ta tête aux coups des meurtriers. As - tu , proscrit , à demi - nu , affronté la rigueur des saisons ? Dévorant un pain trempé de larmes , fuyant les hommes et surtout l'amitié , as-tu redouté les secours offerts par la pitié ? Réponds , Montréal , chaque nuit l'ombre sanglante de ton père se traîne-t-elle vers toi ?

— Ah ! Sciarra , tu rouvres ma blessure.

— Si tu partages mon indignation , pourquoi frémis-tu donc , lorsque je peins notre ennemi renversé à nos pieds ? Crois-moi , Montréal ; cours venger ton père. J'irai voir le traître se débattre et mourir. L'aspect de ses souffrances me fera oublier toutes celles qu'il m'a fait endurer.

— Quelle férocité !... C'est en vain

que tu voudrais m'entraîner au dé-
shonneur. Propose-moi, Sciarra, de
vaincre et non d'assassiner... Combien
je suis à plaindre ! forcé d'admirer le
bourreau de mon père, faut-il que le
devoir m'ordonne de le sacrifier à ma
vengeance ? S'il n'eût pas versé un
sang aussi précieux, je serais le premier à le défendre.

— Mais tu sers le tyran.

— Je sers la liberté, et je défends
les droits de tout un peuple. Le sort
peut m'accabler sans doute, mais il
ne saurait m'avilir. Peut-être la mort
deviendra le prix de mon courage.
Du moins, je ne verrai pas Rome
soumise aux Colonne. Si je succombe
en les combattant, je meurs leur
égal, et non leur sujet. Je veux con-
cilier l'amour de la patrie avec les
droits de ma vengeance. Si les Colonne se sont flattés que je servirais

aveuglément leurs projets ambitieux, ils se sont trompés. Moi, leur vendre la liberté de Rome ! non, jamais.

— Ton langage, Montréal, excite mon indignation : mais loin de t'imiter, je ne te répondrai point par des injures. Je te connais enfin ; nous verrons, ce soir, qui des deux l'emportera. »

CHAPITRE XLVIII.

*La Bague. — Le donneur d'Eau-Bénite.
— Les Catacombes. — Les Conjurés.
— La Confession.*

ALPHONSE était déjà sorti de Rome
à la tête de deux cents cavaliers, et
Rienzi se disposait à le suivre avec
huit cents hommes, lorsque Didier,
pâle, hors d'haleine, se fait jour à
travers la foule, et se précipite vers
le Tribun.

« Seigneur, s'écrie-t-il, on cons-
pire contre vos jours, et si vous vous
éloignez avant de vous être assuré des
conjurés, tout est perdu : Rome sera
livrée aux Colonne.

— Explique-toi.

— Je me rendais à Saint-Jean-de-

Latran, pour prier le ciel de protéger vos armes. Je montais les degrés du portail de cette église..... J'aperçois une bague à mes pieds ; je la ramasse et la passe à mon doigt. J'entre ensuite par une porte auprès de laquelle un vieillard, placé à côté d'un bénitier, me présente de l'eau-bénite. — « Ah ! ah ! s'écrie cet homme en riant, vous êtes bien en retard. Entrez vîte : l'escalier est derrière cette porte ; tous les chefs de quartier sont déjà réunis. » — Je ne vous comprends pas, lui dis-je en hésitant ? — « Ne craignez rien, reprend-il ; personne ne peut nous entendre ; vous savez bien pourquoi je suis à ce poste, et, de mon côté, la croix qui brille sur votre bague m'indique ce qui vous amène ici....... Allons, hâtez-vous de descendre aux Catacombes ; vous trouverez l'escalier éclairé. » — Alors,

concevant des soupçons sur le motif
de cette réunion, et voulant les éclair-
cir, je descends, sans faire de bruit.
Lorsque je parviens aux dernières
marches, des voix confuses viennent
frapper mon oreille. Bientôt je pénètre dans un souterrain où, à la lueur
d'une lampe suspendue à la voûte, je
distingue des hommes armés de poi-
gnards, et parlant avec chaleur. Je
me glisse, sans être aperçu, derrière
un pilier d'où je puis tout voir et tout
entendre. Quelle est ma surprise en
reconnaissant, au milieu de cette assemblée, Palumbari, Gandolpho,
des Ursins, et plusieurs autres nobles
qui, Seigneur, jouissent de votre
confiance ! Je distingue enfin leurs
paroles et celles que prononce le chef
de la milice Romaine portent l'effroi
dans mon ame. — « C'en est fait,
mes amis, dit-il : ce soir, le Tribun

descendra dans la tombe , et Rome
rentrera sous la domination des Colonne. J'ai indiqué à chacun de vous
ce qu'il doit faire. Quant à moi , je
me charge de soulever les quartiers
de Saint-Ange , de Ripa , et de Tréjo
où j'ai de nombreux partisans. Dès
que |Rienzi sera hors des murs de
Rome , nous donnerons le signal. »
—Effrayé du danger qui vous presse,
je remonte , sans bruit , et sors précipitamment de l'église.

— Qu'ai-je entendu ? S'écrie Rienzi
indigné. Les perfides ! ils ne jouiront
pas du fruit de leur trahison. Dans
un instant ils seront dans les fers. »

Le Tribun ordonne à ses soldats
de le suivre. Bientôt l'Église de
Saint-Jean-de-Latran est investie de
toutes parts. Cependant , le conjuré,
qui avait perdu la bague ramassée
par Didier , n'osant se présenter au

gardien des Catacombes, sans ce signe de ralliement, la cherchait, de tous côtés, sur la place publique, au moment où les troupes s'avançaient. Pressentant le but de ce mouvement, il court vers Hilario qu'il informe de ce qui se passe, et sort ensuite de l'église. Hilario descend dans le souterrain, avertit, par ses cris, les conjurés du péril qui les menace, et disparaît. Palumbari et ses amis restent, pendant quelques instans, frappés de stupeur. Ils se décident néanmoins à chercher leur salut dans la fuite, mais ils sont arrêtés par Carlo et ses soldats qui les chargent de chaînes et les conduisent en présence du Tribun. Il était au milieu de la nef, entouré de soldats et d'une foule de citoyens qui le félicitaient. A l'aspect de Palumbari et de ses complices, il fit éclater son indignation.

6..

« Hé bien ! leur dit-il, vous voilà donc, implacables ennemis de nos libertés ; moteurs de discordes, qui, le poignard à la main, vous croyez des héros, tremblez ! vos exécrables projets sont découverts. Insensés, où vous a conduits votre rage impuissante ? Hé quoi ! quand je me reposais sur la foi de vos sermens, vous prépariez, dans l'ombre, la ruine de votre patrie !... Meurtriers anoblis qui, gorgés d'or, êtes insatiables d'homicides, vous dont les fronts hypocrites heurtent, chaque jour, les autels en y demandant le pardon de vos forfaits à venir, répondez ; que prétendiez-vous faire ?... Quoi ! vous ne dites rien ! Vous êtes confondus, traîtres ; vous voulez punir, en moi, celui qui a mis un frein à vos crimes : votre mort est certaine... Mais ils frémissent..... Les lâches !

ils n'ont de courage que pour assassiner..... Et toi, Palumbari, qui m'inspirais une confiance aveugle, hélas ! faut-il que j'aie la douleur de te voir parmi ces factieux? Devais-je être l'objet de tes fureurs , moi qui t'ai comblé de biens?

— Je suis forcé de l'avouer, Rienzi, répond le chef de la milice, j'ai mérité mon sort. Mais, juge de l'excès de mon aversion pour toi par la contrainte que je m'imposais en ta présence. Tu comptais sur mon dévouement, quand je travaillais , sans relâche , à ta perte. Hâte-toi donc d'assouvir ta haine en prononçant mon arrêt.

— Le juge ne hait point ; lorsqu'il condamne le crime , son devoir est de plaindre le criminel... Misérables, qu'ai-je épargné pour vous rendre tous à l'honneur, à votre patrie, à vous-même? Emplois, faveurs, richesses, je vous ai tout prodigué, et c'est ainsi que vous justifiez mes bienfaits ! Tout vous accuse ici, et la terreur empreinte sur vos traits révèle assez vos sinistres desseins. Préparez-vous donc à rendre compte à Dieu de vos crimes..... Ah ! j'aperçois, dans la foule, ce pieux Pélerin qui vient visiter nos saints lieux. C'est le ciel qui vous l'envoie. Implorez son assistance ; mais, avant de prononcer votre arrêt, répondez – moi, misérables ; ne puis-je sauver aucun de vous ? Êtes-vous tous coupables ?

— Nous le sommes tous, crient les conjurés.

— Hé bien ! s'écrie le Tribun en désignant le Pélerin, voici un ministre des autels..... Confessez-vous. »

Il ordonne qu'on les conduise dans une chapelle voisine, et qu'on veille sur eux.

« Eloignez-vous, dit le Pélerin aux soldats chargés de leur garde. Mon sacré ministère exige que je les entende en secret. Je vais sonder leurs consciences, et ouvrir leurs cœurs au repentir. »

Tandis que les hommes-d'armes se retirent à une distance respectueuse, le Pélerin parle mystérieusement aux conjurés.

« Approchez, mes frères, leur dit-il.

— Sciarra, répond à voix basse Palumbari plein d'effroi, nous sommes perdus.

— Plus d'espoir, continue des Ursins ; notre mort est certaine.

— Rassurez-vous, amis, reprend Sciarra ; je vous délivrerai.

— Hélas ! poursuit le chef de la milice, que pouvons-nous entreprendre maintenant ?... Vois nos fers.

— Ils tomberont bientôt, mais, sois prudent, Palumbari ; les gardes nous observent, prosterne-toi devant moi, et surtout affecte un air pieux et repentant. »

Palumbari et les autres conjurés s'agenouillent devant Sciarra qui les entretient, tour à tour, à voix basse, et paraît recevoir leur confession. Il ranime leurs espérances, et leur indique les noms de ceux qui doivent se mettre à la tête de la sédition.

Le Tribun, de son côté, haranguait la foule de soldats et de citoyens qui se pressait autour de lui.

« Qu'il m'est pénible, disait - il, d'être encore forcé de punir ! Mais le salut de Rome demande le sang des coupables. Les ingrats ! j'avais tout fait pour eux... Cependant, aveuglés par la haine et l'ambition, ils voulaient anéantir votre liberté. Écoutez, des-

cendans du grand peuple, et pro-
noncez entre vos ennemis et moi.....
Lorsque je fus rappelé parmi vous,
je vous trouvai en proie aux plus
affreux désordres. Le meurtre, le
pillage régnaient au sein de votre ville.
Vingt partis différens se disputaient
le pouvoir. Dans leurs fureurs, ils ne
respectaient rien. J'ai vu les débris de
nos vieux monumens arrachés de cette
terre et devenir la proie de l'étranger.
Je parus ; le désordre cessa. Mais les
brigands, qui désolaient notre patrie,
se joignirent aux Colonne. Comptant,
sans doute, sur les intelligences qu'ils
avaient avec les traîtres dont le com-
plot vient d'échouer, ils sont sortis
de Palestrine, et osent me braver
jusque sous les murs de Rome. Mais,
malheur à eux ! Montbrun va les
combattre : je vais seconder ses efforts, et la victoire est à nous. C'est

une lutte à mort, Romains, qui s'en-
gage entre vous et les Colonne. Tant
qu'ils vivront, je ne pourrai consommer mon ouvrage. Ils entraveront
toujours le bien que je médite. Ah !
si vous trahissez mon espoir, tendez
vos mains aux fers. Mais, si je suis
vainqueur, vous êtes libres à jamais.
Oui, je puis alors, réprimant les
forfaits, vous offrir un avenir illustre;
vous rendre les Consuls, le Sénat,
vos Comices, ce Forum où Gracchus
soutint les droits du peuple avec tant
de courage, où tonna l'éloquent Cicé-
ron, où des Rois furent jugés, et,
reprenant enfin son antique éclat,
Rome, l'heureuse Rome deviendra
encore la reine des cités.... Dieu puis-
sant ! daignez terminer nos maux, et
ne nous punissez point des crimes de
nos frères !

— Hélas ! noble Tribun, s'écrie le

commerçant Pétrini du milieu de la foule, le bras de l'Éternel s'est appesanti sur nous. Nos maux n'ont point de terme ; le commerce est anéanti ; Rome, enfin, touche à sa ruine entière.

— Oui, oui, crient plusieurs citoyens, nous sommes perdus, si la guerre se prolonge.

— Qu'allons-nous devenir, dit un magistrat ?.... Qui nous sauvera ?

— Moi, Romains, s'écrie Rienzi, si vous voulez partager mes dangers ; moi, si vous méritez qu'on vous délivre de vos tyrans ; moi, si vous avez encore dans vos veines un reste du sang de vos aïeux. Venez exterminer cette ligue impie ; sauvez vos jours, vos biens ; sauvez l'honneur de vos filles, de vos épouses ; rendez à nos autels l'appareil de leurs importantes solennités ; repoussez l'esclavage, et

3. 7

fixez la liberté sur les rives du Tibre. Amis, courez aux armes. Rappelez-vous la gloire de vos ancêtres : leur force croissait au milieu des revers ; ce fut par là qu'ils devinrent les maîtres du monde. Rome alors était pauvre ; elle comptait de nombreux ennemis ; imitez sa constance dans le malheur. Elle sut vaincre ; imitez son exemple, et montrez-vous Romains. Que les Colonne tremblent ! le Ciel m'annonce l'issue de nos combats. Nous rentrerons triomphans dans nos murs. Oui, Rome est belle encore. Je vois vos nobles ancêtres couvrir les sept collines ; ils répondent à nos cris de victoire, et reconnaissent, à notre valeur, le sang qu'ils nous ont transmis. »

L'impression que fait ce discours ne saurait se décrire. La voûte de l'édifice retentit des cris d'alégresse. Tous demandent à marcher à l'ennemi.

« Tribun, dit Pétrini avec chaleur, nous sommes à toi. La victoire est écrite dans tes regards.

— Oui, reprend un autre citoyen, tu triompheras. Nous voulons tous combattre sous tes yeux.

— Ta voix sera entendue, noble Rienzi, continue un vieillard. Je te suivrai, au champ d'honneur, avec mes deux fils.

— Oui, s'écrient ces jeunes gens; la liberté ou la mort !

— Romains, dit le Tribun, je ne suis point surpris de cet élan sublime. Je vous ai parlé au nom de la patrie; je vous ai tracé le chemin de l'honneur, et vous m'avez compris. C'en est fait des rebelles; ils périront; le Ciel le veut, puisqu'il excite en vous l'horreur de la tyrannie. Mais avant de voler au combat, pros-

ternez-vous devant cet autel...Priez
Dieu pour le succès de nos armes.
Implorez aussi sa miséricorde envers
les perfides qui ont osé conspirer
contre vous..... Vous les voyez : ils
confessent leurs crimes, et leur repentir est digne de pitié. Mais la sureté
de l'état exige un exemple terrible ;
ce soir, ils seront morts. »

Pendant qu'à la voix du Tribun,
chacun prie avec recueillement, le
Pélerin, debout, au milieu des
conjurés, leur adresse des paroles de
consolation.

« Infortunés, leur dit-il à haute
voix ; tournez vos regards vers l'image
d'un Dieu mort pour l'homme, et
espérez tout de sa miséricorde infinie.
Vous êtes repentans ; il vous par-
donnera. »

Dans cet instant, Carlo, envoyé par
le Tribun, vint arracher de ce lieu

les conjurés, pour les conduire dans les prisons du Capitole.

« Adieu, leur dit Sciarra; soyez résignés à votre sort, et, surtout, gardez-vous de murmurer contre les décrets de la providence. »

Puis, baissant la voix, il ajoute :

« Du courage, mes amis. Rienzi n'arrête qu'un ressort de nos complots. Tout est prêt pour votre délivrance, et, ce soir, le tyran aura vécu. »

Ils reçoivent sa bénédiction, et marchent au milieu de l'escorte qui les entraîne.

De son côté, Rienzi, profitant de l'enthousiasme général, donne le signal du départ. Les troupes se rassemblent sur la place; une foule de citoyens armés se joignent à elles et suivent le Tribun, qui sort de la ville au bruit des instrumens guerriers.

CHAPITRE XLIX.

*Frayeur de Lélio. — Succès d'Alphonse.
— Mort d'Urbin.*

LÉLIO, instruit de l'arrestation des conjurés, était en proie à des frayeurs mortelles. Il craignait d'être compromis par leurs révélations. On l'avait vu entrer et sortir plusieurs fois de la maison de Palumbari, et son caractère vénal était connu.

« Que dois-je faire, se disait-il ? Resterais-je au Capitole, ou irais-je rejoindre les Colonne ?...... Cruelle incertitude !..... Mais j'entends quelqu'un non loin de ce lieu..... Dieu ! je frissonne....... Peut-être vient-on s'assurer de moi ?.... Ah ! fuyons, et cherchons dans la ville une retraite sûre , en attendant l'issue de ces événemens. »

Il sort du Capitole, et gagne précipitamment les ruines du temple de Jupiter Capitolin. Là , une voix l'appelle ; il se retourne , et voit, derrière une colonne , un homme couvert de haillons.

« Où cours-tu donc ainsi , Lélio, lui dit-il ? Comme tu es agité ! hé ! hé ! hé ! tu as l'air d'avoir le diable à tes trousses.

— C'est toi, Hilario....... Ah ! tu me vois dans une vive inquiétude. Bonarelli a quelques soupçons sur moi ; il sait que je suis allé plusieurs fois chez le chef de la milice , et veut que je sois confronté avec lui. Dans la crainte d'être arrêté , je vais me réfugier chez un ami qui loge à l'extrémité du quartier de Tréjo.

— Reste plutôt avec moi, Lélio.

Dans un instant, le pieux confesseur des conjurés, hé! hé! hé! va se rendre ici : nous recevrons ses ordres, et si, comme je l'espère, le Tribun succombe en ce jour, notre fortune est faite.

— L'on dit que ses troupes viennent de remporter la victoire.

— Cela ne l'empêchera pas de tomber... Mais quelqu'un vient..... Ah! ah! ah! c'est notre saint homme..... Quel air vénérable! Prosternons-nous, Lélio, et demandons-lui sa bénédiction : cela nous portera bonheur.

— Hilario!

— Ah! pardon, hé! hé! hé!..... J'oubliais que tu es la dévotion personnifiée. Ah! ah! ah!

— Hilario, lui dit Sciarra en le rejoignant, je suis content de te retrouver ici.

— Je vous l'avais promis, mon

cher maître , et vous connaissez mon exactitude....... Le hasard vient d'y conduire aussi Lélio qui vous est dévoué.

— Je le sais... Hé bien ! mes amis, le Tribun est vainqueur. J'ai vu , du haut de nos murailles , le traître Montréal porter la mort dans les rangs de nos amis. J'ai vu , avec effroi , leurs bataillons rompus , forcés de fuir en désordre devant ce terrible guerrier. Mais , malheur au perfide , s'il rentre dans Rome ! Il périra..... J'ai visité Naldi , Strado , Selva , Zéno , Lescar , ces ennemis implacables du Tribun. Ils se chargent d'ameuter le peuple auquel ils peindront , avec énergie , les maux dont il est accablé. J'ai gagné Corbello , Mancini , Uberti , Rivera , ces héros de tribune qui se déclarent toujours pour le parti vainqueur. J'ai répandu l'or parmi les Juifs ; leur avidité m'est garant de leur dévouement. J'ai facilement séduit les indigens dont la classe est si nombreuse ; ils se soulèveront au premier signal. Enfin, j'ai promis aux ambitieux des emplois, des biens, des honneurs, au peuple du pain, quelques largesses ; le pillage aux soldats ; aux commerçans la paix, aux proscrits l'oubli du passé. Je sais, par mes affidés, que Jean Colonne, malgré sa retraite, a laissé six de ses compagnies dans le petit bois, non loin de la porte Saint-Laurent. Elles se tiennent cachées sous l'aqueduc situé dans ce lieu, et n'attendent que le moment de s'introduire dans Rome. César de Lucca leur donnera le signal, dès que je lui ferai connaître l'instant d'agir. C'est toi, Lélio, que je lui enverrai, à cet effet ; ainsi tu vas me suivre. Quant à toi, Hilario, es-tu toujours déterminé à exécuter ce dont nous sommes convenus?

— Regardez, Seigneur, répond Hilario entr'ouvrant ses vêtemens, et lui montrant un arc et une flèche. Vous voyez que je suis muni de ce qu'il faut. Je vous ai promis la mort de Montréal; je tiendrai ma parole. Je vais rester parmi ces ruines, où j'épierai l'instant favorable. Hé! hé! hé! soyez sûr que le Chevalier ne reverra plus le beau ciel de la Provence..... Comptez-y. »

Cet entretien est interrompu par des cris de joie qui retentissent dans les airs. C'est le Tribun qui rentre triomphant à la tête de sa garde. Une foule immense se précipite sur ses pas, curieuse de contempler le vainqueur des Colonne. Mais Rienzi déclare que cet honneur lui est moins dû qu'à Alphonse dont la valeur à décidé la victoire. Ce chevalier marche à ses côtés ; mais une sombre tristesse est répandue sur son visage. Urbin a péri sous ses yeux, et lui, il n'a pu trouver la mort sur le champ de bataille. Le Tribun rentre au Capitole, suivi d'un grand nombre de citoyens qui l'accompagnent jusque dans la grande salle, où doivent être déposés les drapeaux enlevés à l'ennemi.

Quant à Sciarra, qui vient de voir, de loin, la marche triomphale du Tribun, et d'entendre les cris du peuple, sa fureur est au comble, et il brûle de consommer ses projets de vengeance.

« Viens, Lélio, dit-il, le moment d'agir approche. Je vais enfin quitter ce vil déguisement. Il est temps qu'un Colonne se montre aux Romains, et renverse le tyran... Adieu, Hilario ;

je te laisse en ces lieux ; mais j'espère
que, lorsque nous nous reverrons,
tu auras rempli mon espoir..... Tu
m'entends.

— Ah ! ah ! ah ! ah ! Quant à cela,
mon cher maître, reposez-vous sur
mon adresse. J'aurais bien du malheur, si ma flèche manquait son
but. Oh ! oh ! oh ! Ce chevalier si
jeune, si beau, si intrépide, nous
verrons, tout à l'heure, comment
il parera le coup que je vais lui
porter..... Hé ! hé ! hé ! Lui qui avait
un air si fier, je suis curieux de voir
la grimace qu'il va faire. »

CHAPITRE L.

*La Provocation. — La Couronne de Lau-
rier. — Le Coup de flèche. — Émeute
populaire. — Incendie. — Mort du
Tribun.*

———

« Que votre ame se livre enfin à la
joie, mademoiselle, dit Didier en
abordant Julia ! Les soldats de Colonne ont été dispersés par l'intrépide
Alphonse, et votre père, voulant
récompenser sa valeur, désire que ce
guerrier soit couronné par vos mains.
Il va le recevoir *Chevalier Romain* dans
la grande salle où se trouve rassemblée une foule de citoyens. J'ai vu le
Tribun presser le Chevalier dans ses
bras ; je l'ai entendu aussi l'appeler
son fils... On dit qu'il va lui accorder

votre main. Pardon....... mais, j'en ai une joie si grande.....Adieu, mademoiselle. Disposez la couronne de laurier ; je vais veiller aux autres préparatifs. »

Didier, en se retirant, voit passer, dans une des cours du Capitole, les conjurés qu'on conduit à la mort. Rienzi, en rentrant dans Rome, avait ordonné qu'on dressât leurs échafauds, et l'instant marqué pour leur supplice était arrivé. L'aspect de ces malheureux fait une impression pénible sur Didier ; il ne peut s'empêcher de frissonner un moment, en pensant que ce sont ses révélations qui causent leur perte.

» Que je les plains, dit-il ! Dieu ! que je souffre d'avoir été forcé de dévoiler leur trahison ! Mais mon devoir l'exigeait, et je sens, au calme de ma conscience, que j'ai fait une bonne action. »

Puis apercevant une madone à l'extrémité de la terrasse, il court se prosterner devant elle , et prie , avec ferveur pour ces infortunés.

Pendant ce temps , le Tribun était seul avec Alphonse.

« Montbrun , lui disait-il , j'ai sujet de me plaindre de toi.

— De moi , Seigneur !

— Oui , de toi.... Écoute. Dans le combat , où tu viens de déployer tant de valeur , je n'ai point reconnu en toi ce calme qui convient à un chef. Pourquoi , cher Montbrun , tourmenter ainsi ceux qui t'aiment? Pourquoi demeurais - tu seul exposé aux coups de l'ennemi?

Au milieu du carnage, j'ai cru m'apercevoir que tu m'évitais...... J'ai vu aussi des larmes se mêler au sang qui rougissait ton épée. Ton courage tenait du désespoir..... Des mots entrecoupés sortaient de ta bouche..... Tu parlais, je crois, d'accomplir je ne sais quel devoir... Roulant, autour de toi, un œil où se peignait la fureur, tu répandais la mort que tu semblais chercher, et ce ne fut pas sans peine qu'on parvint à t'arracher de ce lieu plein d'horreur. Mais heureusement, nos efforts ont réussi, et je rends grâce au ciel d'avoir protégé ta vie.

— Ah ! que ne l'ai-je perdue dans ce combat !

— Quel étrange langage ! Quoi ! si près du bonheur, tu détesterais le jour!... Qu'en dois-je penser, Montbrun ? Parle, parle-moi sans feinte... Quoique étranger, je t'accueillis avec empressement. Découvrant de grands talens en toi, je te rendis la justice que tu méritais, et tu fus élevé au poste brillant que tu occupes.... Non content de t'avoir comblé d'honneurs,

7.·

je te destinais la main de ma fille qui
t'arracha au tombeau. Tu l'aimes, je
le sais.....

— Ah ! grand Dieu !

— Prévenant l'aveu de ta flamme,
je l'encourage par l'espoir d'un hymen
prochain, et, quand je crois lire la
joie dans tes yeux, la pâleur de la
mort règne sur ton visage... Hé quoi!
tu désires le trépas ! qu'en dois-je
augurer? Tu sembles déchiré par
le remords..... Ma fille serait-elle
condamnée à subir les dédains de
celui dont elle sauva la vie? Explique-
toi, Montbrun. Viens-tu jouir de sa
douleur? Ah! du moins, épargne-
lui ce sanglant affront..... Le Tribun
de Rome pouvait-il s'attendre qu'on
repoussât l'honneur de son alliance?
Qui peut comprendre un tel excès
d'orgueil ?

— O tourment !

— Qu'as-tu, Montbrun ?....... Tu respires à peine.

— Dieu ! si Julia venait.....

— Tu es agité... Montbrun, craindrais-tu de partager ma gloire ?

— La gloire est le besoin de mon ame.

— Tu t'en couvriras, mon fils, en secondant mes projets ; en devenant après moi le premier des Romains.... Sais-tu quel honneur je te destine ? Dans un instant, Julia va ceindre ton front de lauriers.

— Julia !.... Hélas ! Rienzi, si je n'écoutais que mon cœur, je vous consacrerais mon existence. Alors, armé par votre fille, quels périls n'irais-je pas affronter ? Je vivrais par l'amour, et, mourant en héros, une tendre épouse pleurerait sur ma tombe ; j'emporterais les regrets de Rome..... Mais, loin d'être appelé à une destinée si belle, je suis forcé de maudire ma victoire, et je frémis à l'idée du devoir qui me reste à remplir.

— Un devoir !.... Explique-toi.

— J'ai ici un grand crime à punir.

— Ici !

— Tu dois me croire, Rienzi.

— Parle... Je brûle de connaître...

— Tu ignores qui je suis, et pourquoi je venais.

— Pour servir la liberté !

— Non, mais pour t'immoler.

Dieu ! Qu'entends-je ?..... Ah ! Si tu n'es qu'un perfide, à ces traits remplis de candeur, pouvais-je te reconnaître.

— Je suis ton ennemi. J'ai juré ta mort, pour venger celle de Montréal.

— Montréal fut un traître, il avait conspiré la perte de Rome, et voulait m'assassiner. Les preuves de son crime existent.

— Montréal fut mon père, s'écrie Alphonse en tirant son épée..... Défends-toi, Rienzi.

— Ma vie ne m'appartient pas, jeune homme; elle est aux Romains.

— Lâche !

— Dans ces combats, la honte est souvent du côté de la victoire.

— J'ai besoin de ton sang.

— Le tien, Montréal, me fait horreur.

— L'honneur.....

— Quoi ! tu parles d'honneur quand tu me trahis.

— Je le vois, Rienzi; la peur t'arrête.

— Observe mon front; pose la main sur mon cœur, et dis si j'ai peur de la mort..... Va, Montréal, va rejoindre mes ennemis. Alors, j'irai me mesurer avec toi. Je périrai ou te combattrai sans honte, Allons, retire-

toi..... Je n'ai qu'un mot à dire.....
Tu m'entends..... Ma garde est près
d'ici.

— Non, je veux ton trépas ou le
mien.

— J'ai pitié de toi, Montréal : tu
ne crains pas de recourir à l'infamie
pour assouvir ta vengeance... Allons ;
ôte-toi de mes yeux.

— Défends-toi.

— Fuis, te dis-je?.... Mais qu'entends-je? La voix de ma fille !

— Dieu ! c'est-elle, dit Alphonse
en remettant son épée dans le four-
reau. O Ciel ! écrasez-moi.

— Calme-toi, jeune insensé. Allons
au-devant de Julia, et songe que, s'il
t'échappe un seul mot, je puis à l'instant même.....

— Ah ! prenez ma vie : elle m'est
odieuse.

— Silence.

Rienzi et Montréal paraissent dans la grande salle où Julia se dispose à couronner le vainqueur. Les femmes, qui accompagnent la fille du Tribun, portent des guirlandes de fleurs.

« Dieu ! s'écrie Julia en considérant Alphonse, comme ses traits sont altérés ! qu'il paraît accablé !

— Montréal, lui dit Rienzi à voix basse.... Approche, et surtout calme le trouble qui t'agite..... Tu vas voir comme se venge celui qui voulait te nommer son fils. »

Puis, se retournant vers l'assemblée :

« Citoyens, guerriers, magistrats, dit-il en élevant la voix, honneur au héros qui combat pour nos droits ; honneur au brave qui marche toujours où la gloire l'appelle ; honneur à celui qui reste fidèle à la cause qu'il a juré de défendre. Mais, malheur au

parjure qui, vil esclave de la tyrannie, se cache dans nos rangs, pour
satisfaire une injuste vengeance; honneur aux vrais amis de la liberté;
mais opprobre au lâche qui, la paix
sur le front, ne craint pas de me
tendre une main homicide, et cherche
la place où il doit enfoncer le poignard
dans mon sein.

— Rienzi, s'écrie à demi-voix Montréal dont la confusion est au comble.

— Toi, Alphonse, qui serviras toujours les intérêts de Rome; toi sur qui
elle a droit de compter, noble Chevalier en qui mon cœur se fie, modèle de
loyauté, viens; ce laurier t'est dû....
Oui, tu l'as bien mérité... Approche,
ma fille..... Que cet insigne honneur
devienne la récompense de sa fidélité.

— Non, s'écrie Montréal en reje-
tant la couronne; non, je n'en suis
pas digne.

— Ciel ! dit Julia.

— Romains, continue le Chevalier avec l'accent de la fureur, vous voyez en moi le fils de Montréal. J'étais venu parmi vous pour venger mon père........ Fatal aveuglement ! J'ai combattu pour vous ; je suis prêt encore à le faire..... Oui , Romains, je vous suis dévoué ; mais j'abhorre celui qui a flétri mon nom , et je veux qu'il m'en rende raison. C'est en loyal Chevalier et suivant l'usage du pays qui m'a vu naître que je veux le combattre. Les pères , les enfans m'approuveront : je remplis un devoir sacré que la nature m'impose. Que Dieu soit juge entre nous deux. »

Puis , il jette son gantelet aux pieds du Tribun qui sourit de pitié.

« Barbare ! s'écrie Julia en se précipitant au - devant de Montréal , frappe - moi donc. Tu puniras bien

3. 8

plus mon père en le privant du seul espoir de sa famille.

— Que fais-tu, Julia ? Hélas ! si je suis condamné à lui ravir le jour, crois-tu que je puisse survivre à cet affreux succès ?..... Adieu, Julia..... et toi, Rienzi, suis-moi : je t'attends au pied du Capitole. »

Julia tombe sans mouvement dans les bras de ses femmes. Le Tribun ordonne qu'on la transporte dans son appartement. Montréal, hors de lui, sort de la salle, traverse la grande cour, à pas précipités, et descend l'escalier des Lions. Hilario, qui l'aperçoit du milieu des ruines, éprouve un mouvement de joie.

« Hé ! hé ! hé ! se dit-il ; je reconnais notre homme. C'est ma bonne étoile qui l'envoie de ce côté....... Il est seul..... Approchons..... Oh ! oh ! comme il est agité ! ajustons - le, et voyons si une saignée calmera ses sens. »

Il bande son arc , lance la flèche , et atteint dans le sein le Chevalier qui chancèle , tombe , et expire.

Au même instant , une sourde rumeur se fait entendre au loin. La joie d'Hilario , qui regarde du côté d'où partent ces clameurs , redouble en voyant se diriger vers le Capitole , un nombre considérable de gens armés , qui poussent des cris tumultueux.

« Ah ! ah ! ah ! il est mort, s'écrie-t-il..... J'ai l'œil juste...., Tiens , le signal est enfin donné. Voilà le branle qui commence. Maintenant mon devoir me prescrit de rejoindre mon maître..... Mais avant tout , il me faut des armes....... Hé ! qui m'empêche de m'emparer de celles de Montréal ? Parbleu , ce ne sera pas lui....... Ce guerrier si terrible n'est

8.

plus à craindre..... Voyons ; débar-
rassons - nous des haillons qui me
couvrent , et prenons les armes du
Chevalier. »

Il se hâte de satisfaire son envie ,
et, quand les armes sont en son
pouvoir, il s'écrie en riant.

« Enfin je les tiens... Hé ! hé ! hé !
ce sont elles que je désirais tant dans
l'hospice d'Avignon..... Oui, je les
reconnais..... Ah ! ah ! ah ! la belle
épée !..... La jolie chaîne !..... C'est
singulier ; j'ai souvent pensé qu'un
jour je deviendrais le possesseur de
ces armes.

Il examinait ces objets avec joie,
quand il entend tout à coup auprès
de lui des pas. Il tourne la tête,
et voit un officier, couvert de sang
et de fange, monter précipitamment
au Capitole. C'est le malheureux
Carlo qui, malgré les blessures qu'il

a reçues, est parvenu à s'échapper des mains des révoltés. Ce fidèle serviteur vole auprès du Tribun, pour l'avertir du danger qui le presse.

Rienzi, à l'aspect de Carlo, qui vient de tomber sanglant à ses pieds, éprouve un sentiment d'horreur. Il le soulève.

« Tribun, dit Carlo d'une voix mourante, on en veut à vos jours... Le peuple soulevé.... marche vers le Capitole..... Je conduisais les conjurés à l'échafaud ;..... les gardes, que j'avais placés autour d'eux..... fendaient la populace..... assemblée au lieu du supplice..... lorsque..... soudain des cris se font entendre :... un guerrier arrive à la tête d'une troupe de séditieux armés... «Arrêtez, nous dit-il avec l'accent de la fureur... Je suis Sciarra Colonne, qui,... sous l'apparence d'un Pèlerin,... ai trompé

Rienzi... Livrez-nous ces captifs.... »
A ces mots..... il fond sur nous avec
les siens... c'est en vain... que nous
cherchons à les repousser..... nous
sommes écrasés par le nombre.....
ils massacrent mes soldats ,.... et....
délivrent les conjurés..... Malgré les
blessures que j'ai reçues..... dans le
combat, ... j'ai réuni le peu de forces
qui me restait, ... pour venir vous
prévenir..... de ces événemens.....
Mais.... hélas !.... je sens que je ne
resterai pas le témoin..... mes blessures..... sont mortelles..... oui.....
c'en est fait...... je succombe......
Adieu !..... Rienzi..... adieu , grand
homme..... je meurs..... avec la satisfaction..... de vous avoir servi.....
avec..... fidélité..... adieu ! »

Et il expire.

Le Tribun contemple , d'un œil
morne , le corps inanimé de Carlo ;

mais, pensant tout à coup aux dangers qui menacent la liberté de Rome, il saisit son casque et son bouclier ; tire son épée, et fait signe aux soldats qui l'environnent de le suivre.

Au même instant, le tocsin résonne de toutes parts, et les cris de la populace montent jusqu'au Capitole.

« Soldats, s'écrie Rienzi en s'adressant à ses gardes, ces lâches citoyens m'abandonnent. Vous ne suivrez pas leur exemple. Oui, vous me resterez fidèles... Mais, que vois-je ?... Vous êtes tous consternés....., Dieu ! voilà donc les Romains !..... Allons, puisque vous n'avez point le courage de faire votre devoir, je ne réclame de vous aucun effort de vaillance. Rangez-vous seulement près de moi : suivez votre Tribun : osez, sans trembler, le voir mourir.....

traîtres, laissez-moi seul avec cet étendard qui fit tant de fois pâlir mes ennemis. »

Les hommes-d'armes, ébranlés à l'aspect de Rienzi qui saisit l'étendard, restent, pendant un instant, indécis sur le parti qu'ils doivent prendre.

« Viens, mon noble étendard, s'écrie Rienzi. Plus grand que mes malheurs, je verse des larmes sur toi sans rougir. Ces vils factieux vont te contempler ; mais, si ton aspect ne peut les rappeler à leurs sermens, ils me verront mourir entouré de tes plis glorieux. »

Un des principaux officiers de la garde, redoutant l'effet de ce discours sur les soldats, leur fait envisager le danger auquel il sont exposés. Sa voix est entendue ; ils sortent précipitamment, et le Tribun reste seul, avec le lieutenant Calvio et Bonarelli qui , touchés d'un courage si hé- roïque , jurent de mourir fidèles.

« Mes amis , leur dit-il , je suis pénétré de votre dévouement. Mais , vous le voyez , ils m'ont indignement abandonné..... Seuls , que pourriez- vous faire pour moi ? Allez , suivez- les , et conservez vos jours.

— Ils vous sont consacrés , s'écrie Bonarelli.

— Seigneur , continue Calvio , je ne pourrais survivre à la honte de mon pays.

— O dignes amis ! si tous les Romains vous ressemblaient, ils con- serveraient la liberté que je leur avais donnée. Mais c'en est fait ; la tyrannie l'emporte... Je veux cepen- dant tenter un dernier effort. Oui , ce peuple léger , inconstant, qui fut si souvent docile à ma voix, et dont je fus l'idole , m'entendra encore. »

Il va se placer sur un balcon d'où
il domine sur le peuple , et lui
montre son étendard. Son secrétaire
et Calvio ne le quittent point. Ils font
signe aux révoltés de faire silence :
la rumeur s'appaise ; mais les chefs,
craignant l'impression de l'éloquence
du Tribun, excitent un grand bruit,
pour l'empêcher de se faire entendre.
Cependant , il leur criait d'une voix
forte :

« Peuple Romain , peuple ingrat,
que je plains votre fatal aveuglement !
Vous demandez la perte de celui qui
vous a sauvé. Tout ce que j'ai souffert,
dans mon exil, n'a été que pour votre
salut. Tout ce que j'entreprenais n'a-
vait d'autre but que votre bonheur
et votre gloire. »

Ce discours, que le peuple entend
à peine, est interrompu par une grêle

de flèches. Calvio, frappé, tombe expirant. Rienzi, lui-même, atteint à la main, jette, sur les furieux, des regards pleins d'indignation, et se retire avec son secrétaire.

— Cher Bonarelli, lui dit-il, garde-toi de me suivre. Tu serais victime de ton dévouement. Ah! songe à sauver tes jours. Quant à moi, je vais offrir ma tête à ces furieux; ils verront si je sais affronter le trépas.

— Je ne vous quitte point, Seigneur. Je veux partager votre destinée.

— Hé bien! viens donc me voir mourir. »

Plusieurs révoltés, qui se sont introduits dans le Capitole, y ont mis le feu, et déjà l'on entend le bruit des poutres embrasées qui tombent avec fracas. En un instant, l'incendie éclate avec fureur, et des cris perçans

partent de l'appartement de la fille
du Tribun. Didier, qui distingue les
voix de Julia et d'Alix, se dévoue pour
les sauver. Il traverse les flammes, et
pénètre jusqu'à elles. Son premier
soin est de saisir Julia dans ses bras ;
mais, en ce moment, le plancher
s'écroule, et il est englouti, avec
elle et Alix, au milieu des débris
enflammés.

Cependant, le peuple, excité par
les chefs de la conjuration, continuait
à demander la tête de Rienzi. On en-
tendait crier de toutes parts : *à bas le*
Tyran ! Périsse le Tribun !

« Comme il nous a trompés ! di-
saient les uns.

— Il nous accablait d'impôts,
ajoutaient plusieurs autres.

— Avec lui, jamais de repos, re-
prenaient quelques jeunes efféminés ;
il fallait toujours combattre.

— Le Traître ! s'écriait Lélio, il
insultait à la misère publique par son
luxe effréné.

— Il faut, continuaient les plus
furieux, qu'il périsse au lieu même
où il dictait ses arrêts de mort.

— Hé! hé! hé! poursuivait Hilario,
avec un rire affreux, le voilà donc ce
fameux Tribun qui, d'un seul mot,
d'un seul geste, vous faisait trembler
tous..... Parbleu ! nous allons voir
comment sa tête figurera au bout
d'une pique..... Ah ! ah ! ah ! ah ! »

Tout à coup un morne silence succède à ces clameurs. Tous les regards
se portent sur le Tribun qui, dé-
sarmé, et la tête nue, descend len-
tement l'escalier des Lions. Bonarelli
marche à ses côtés.

Lorsque Rienzi est parvenu aux
dernières marches, il fait un mouvement d'horreur, détourne les yeux,

et pousse un profond gémissement.
Il vient de reconnaître Montréal éten-
du sur la poussière et baigné dans
son sang. Son ame est déchirée à ce
spectacle, et, oubliant, un instant,
sa propre situation, il ne peut s'empêcher de le plaindre.

Il arrive enfin au milieu des séditieux qui, saisis d'un sentiment de
respect, s'écartent et le contemplent,
sans oser faire le moindre mouvement.

Cependant, un des chefs de la
révolte, sortant enfin de sa stupeur,
tire son épée, et se dispose à percer
le cœur de Rienzi.

« Frappe, Zéno, lui dit le Tribun
se découvrant la poitrine. »

Zéno fait un mouvement, mais il
ne peut soutenir les regards de Rienzi,
et le fer tombe de ses mains.

« Qu'attends-tu, Zéno, pour verser

le sang de ton bienfaiteur ?..... Quoi !
ce fer t'échappe....... Tu détournes
les yeux ; tu recules d'effroi.......
Tiens, ajoute-t-il en ramassant son
épée, reprends cette arme. Je suis
venu mourir parmi les Romains. Ne
me refuse pas la mort : je la réclame
comme un bienfait...... Mais, que
vois-je ?..... Tu trembles, Zéno.....
Le ciel a-t-il touché ton ame?..... Te
repentirais-tu de m'avoir trahi. »

Puis, portant ses regards sur la
foule :

« Que vois-je, s'écrie-t-il ? Selva,
Strado, Neldi parmi mes assassins !
Répondez, malheureux : en quoi ai-je
mérité votre haine ? Baroncelli vous
avait ravi votre liberté, vos biens ; je
vous les rendis : est-ce là mon forfait ?
Ingrats, de quoi m'accusez-vous !
Est-ce de vous avoir donné de sages
lois ? Est-ce d'avoir montré, à l'uni-

vers étonné, l'ombre de l'antique Rome? Si, pour prix de mes efforts, vous avez résolu mon trépas, je m'offre à vos fureurs. Mais, avant de me frapper, dites-moi quels sont mes crimes.

— Rienzi, dit Strado, le sang que tu as versé dépose contre toi.

— Tu as été cruel, inexorable, continue Naldi.

— Le sang que j'ai versé, reprend le Tribun, a fait la sureté du peuple. J'ai été sévère, il est vrai ; mais, envers qui, Romains ? Envers des perfides qui voulaient vous livrer à leurs maîtres. J'ai été inexorable pour des meurtriers, qui ne vivaient que de rapines. Avant moi, citoyens, vos lois protégeaient les plus vils scélérats. Je les ai effrayés par l'aspect des supplices.

— Et les Colonne presque tous

sacrifiés à ta rage , dit un Romain !

— Savelli , des Ursins , Alezzo , et tant d'autres, ajoute un autre citoyen.

— Ils étaient tous criminels , et j'ai dû les condamner..... J'en ai souvent gémi ; mais, contraint de me plier à la nécessité qu'imposaient nos discordes civiles , j'ai rempli un rigoureux devoir. Qui de vous a le droit de me haïr? Ne vous souvient-il plus de cette époque si glorieuse où les Princes d'Italie prenaient votre Tribun pour arbitre de leurs dif-férens? Avez-vous oublié ces hymnes d'alégresse qu'on m'adressait de tous pays ? Depuis quand punit-on ceux qui ont pris soin de vous venger ? Si vous me sacrifiez aux traîtres qui vous abusent, la liberté périt ; Rome tombe avec moi ; elle devient le mépris des nations et la proie des tyrans..... Je vous avais sauvés, ingrats ; mais vous

8..

allez vous perdre. Hélas ! mes soins méritaient-ils une telle récompense ? Que dis-je ? Non, ce coup ne doit pas m'étonner..... J'avais tout fait pour ma patrie ; j'ai excité l'envie, et j'en suis devenu la victime. Punissez-moi donc d'avoir cru les Romains dignes de leurs aïeux, dignes de me comprendre..... Ah ! si je me suis trompé, mon erreur était celle d'un homme qui ne respirait que le bien de sa patrie. Ma mort va combler votre honte. Hâtez-vous de me percer le cœur : je vous pardonne ce crime, et mon dernier soupir, Romains, sera encore pour vous. »

Plusieurs citoyens, émus par ces discours, murmurent entr'eux à voix basse. Bientôt un d'eux se détache, et parle mystérieusement au Tribun.

« Rienzi, lui dit-il, le peuple est disposé à t'ouvrir un passage. Fuis,

fuis , si tu veux conserver tes jours.

— Que me proposes-tu ? S'écrie le Tribun avec fierté... Moi, fuir ! Non , jamais..... Ah ! citoyens , rentrez dans la voie de l'honneur. Songez que vous êtes sous les yeux de l'histoire ; elle vous jugera. Il en est temps encore ; l'opprobre est du côté de la trahison ; la gloire est avec moi..... Voyez , Romains , voyez ces bras meurtris par les chaînes. Contemplez mes tourmens écrits sur les rides qui sillonnent mon front. La trahison a - t - elle tant de charmes pour vous ?.... Mais vous cachez vos larmes ! vous commencez à sentir des remords... Ah ! rentrez en vous-mêmes. Arrêtez-vous au bord de l'abyme... Abandonnez les Colonne , et rentrez dans le devoir. »

Ces paroles portent l'incertitude dans toutes les ames. Plusieurs révoltés osent parler de pardon , de fidélité. On entend des voix confuses qui crient : « *Respect au Tribun ! On nous a trompés ! Rienzi est le père du peuple.* »

Sur ces entrefaites, Sciarra, à la tête des soldats de Palestrine et des conjurés qu'il a arrachés à la mort, fend la presse, et se précipite vers le Tribun.

« Peuple, s'écrie-t-il avec l'accent de la fureur, qui peut retenir vos coups? Ombres de mes parens, je suis votre vengeur. »

Il se jette sur le Tribun, et lui enfonce le fer dans le sein.

« Dieu! s'écrie-t-il en tombant dans les bras de Bonarelli ; c'est Sciarra!

— Oui, c'est ton ennemi...... Tu péris de ma main ; voilà le plus beau jour de ma vie.

— Je meurs exempt de remords... Toi, vis pour l'infamie. »

Il se soulève, tend la main, et expire.

« Peuple , dit Sciarra, le Tribunat est aboli... Courez au-devant de Jean Colonne qui marche vers le Capitole. Demain le cardinal Albornos viendra, au nom du Souverain Pontife , le nommer gouverneur de Rome. Rendez grâce au Ciel d'avoir mis un terme à vos malheurs. Rienzi fut un tyran.

— Tu mens, Sciarra , s'écrie Bonarelli , Rienzi fut un grand homme.

FIN DU TROISIÈME ET DERNIER TOME.

www.ingramcontent.com/pod-product-compliance
Lightning Source LLC
Chambersburg PA
CBHW070844030726
47504CB00005B/1211